看取清风过草坡

施金凤 著

上海文化出版社

图书在版编目（CIP）数据

看取清风过草坡 / 施金凤著. -- 上海：上海文化
出版社，2025.3. -- ISBN 978-7-5535-3152-6

Ⅰ.I227

中国国家版本馆 CIP 数据核字第 2025230DR0 号

出　版　人　姜逸青
责 任 编 辑　王茹筠
装 帧 设 计　长　岛
　　　　　　　侯文婷

书　　　名：看取清风过草坡
著　　　者：施金凤
出　　　版：上海世纪出版集团　上海文化出版社
地　　　址：上海市闵行区号景路 159 弄 A 座 3 楼　201101
发　　　行：上海文艺出版社发行中心
　　　　　　上海市闵行区号景路 159 弄 A 座 2 楼　201101　www.ewen.co
印　　　刷：苏州市越洋印刷有限公司
开　　　本：880×1230　1/32
印　　　张：8
版　　　次：2025 年 3 月第一版　2025 年 3 月第一次印刷
书　　　号：ISBN 978-7-5535-3152-6 / I·1210
定　　　价：80.00 元
告读者：如发现本书有质量问题请与印刷厂质量科联系 T：0512-68180638

引领（代自序）

在人生最美年华，在东方最美校园。

我邂逅了诗词，邂逅了先生。

先生虽然只陪我同行一程，却引领我一生。

20世纪七八十年代，是建树的时代，亦是颠覆的时代。20世纪80年代初，国门乍开，风从西方来。整个80年代，乃至90年代初，充斥大学校园的，是西方现代主义，是朦胧诗。是顾城的黑眼睛寻找光明，是舒婷的红木棉对话橡树，是北岛的通行证pk墓志铭，是海子五月的麦地还有面朝大海春暖花开的房子。20世纪80年代是诗的天堂是诗人的天堂，这当然是指新诗；80年代是敢于把一切赶下神坛的年代，旧体诗词当然也无处可逃。但是先生我行我素，依然教着他的旧体诗词创作选修课。我不是说新诗不好，我也爱新诗，我也写新诗。我只是想说先生坚守之不易。

这门选修课境况之寥落便完全可以想见。如果没记错，那届选旧体诗词创作的只有十一人。上课地点是南师中文楼最小的教室。

先生当时应该五十出头吧，他身材高大，剑眉广额，脸色略显黧黑，印象中总是一件蓝色半旧中山装。一口南京话底子的普通话，中等音量中等语速，至今犹记先生平和温厚神定气闲的吟哦——

　　　平平仄仄平平仄
　　　仄仄平平仄仄平
　　　仄仄平平平仄仄
　　　平平仄仄仄平平

　　宁静地寂寞，淡泊地守望。这就是印象中的先生。

　　像我这样来自农村的六零后，20世纪80年代初的大学生，真是一点国学底子都没有的，而先生是怎样的高度啊——在先生去世后的悼念文章中我了解到，先生六岁时就在父母督导下读《唐文粹》，高二时就已经在《中央日报》上发表了十几篇古体诗文。现在想想，我们那时"创作"的所谓旧体诗词哪里算是个东西呢，怎么能入得先生法眼！可是先生从未鄙视过我们，从来没有抱怨我们差，每一篇作业都为我们精批细改。我有一篇五律作业，颔联原来这样：

　　昏色融孤雁，浊波见远舟。

　　先生批："融"字佳，对"见"不称，易为"失"。并将"浊"字改为"苍"。这联就变成：

　　昏色融孤雁，苍波失远舟。

　　仔细玩味，先生这批语实为不易之论。而"苍"之于"浊"，虽只一字之差，貌似信手拈来，全不着力，却令此篇五律规避了格律诗第一大忌——孤平。这也是后来我才明白的。先生当时未加说明，大概因为我们的课还没上到那么深吧。

还有一例，那是学诗最初，先生让我们写对子。当时秋雨霏微，中大楼外桐叶凋零，我便写了一联：

　　叶落梧桐瘦，风摇秋雨稠。

先生在讲评中慷慨嘉许，以至于现在还有老同学提起我的这副对子。这在当时，对一个来自贫困农村的浅薄的孩子来说，是多大的鼓舞啊。

先生不仅是教我作诗，更是教我如何为师如何为人。

1985年第一个教师节，选修旧体诗词创作的几位同学相约去先生家贺节。不入夫子之门，怎知夫子堂庑之廊大。书法、摄影、音乐，先生涉猎之广泛，完全超出同学们的想象。尤其是，一个潜心于中国古典文学的老头，壁柜里居然码满了世界名曲磁带。而让小伙伴们惊呆了的还在后头，先生居然用一把寻常的锯条，为我们演奏了一首流行歌曲。

那次，我向先生要了一张他自己拍的风景照——黄山天都峰石级。回来后我在下面题了五个字——通向天都峰。

先生，您就是我心中的天都峰。诗词之路，教师之路，人生之路，您都是我的领路人。高山仰止，景行行止。虽不能至，心向往之。

2017年7月3日，先生溘然长逝。我从山中回来，于大学同学群惊悉噩耗。意欲赴宁吊唁，又闻遵先生遗愿不举行追悼会。深念自己一无建树，一无回报，愧列门墙，愧负师恩之重。中夜不寐，粗成一律——

　　山塘月下白莲开，

为悉先生讣告来。

庐墓六年惭子贡，

追随一世慕颜回。

虽无桃李皇皇著，

曾得春风细细栽。

中夜唯将和泪唱，

遥陪鹤驾到蓬莱。

先生此去未远，当听见我中夜的低唱；弟子踏歌而来，为伴先生最后一程孤旅。

按：先生姓常，讳国武。1929年生于南京，2017年7月3日仙逝。我读南师大时，受业门下，修习旧体诗词创作。倏忽三十余载，手泽犹存，斯人已去。抚稿唏嘘，清泪潸然。为师为人，先生皆为我之楷模。固知不可望其项背，唯愿一生追随其后尘！本文是我2018年高中语文教学中的一篇"下水作文"。我读，学生听；我流泪，学生也流泪。

目录

contents

采桑子·师范在读

晚来释卷顽童散，
门外青山。
门外青山，
绿草清风一片天。

前程遥想心常坦，
今觉心寒。
今觉心寒，
明日谁人与我还。

五十五退休

当年慕道乐传薪，
拂袖而今早退身。
起舞清风炎热外，
吟山哦水不忧贫。

校园时光

仲春书怀

桃红惊蛰后，
梨白踏青前。
细雨栽花日，
晴光挑菜天。
人生真过客，
岁月若奔川。
独舞芳华里，
清欢不问年。

按：清明又称踏青节。

咏初夏紫藤五首

其一

曾经浅浅深深紫，

曾经香风留美时。

一旦春光流水去，

何人独对吊清诗。

按：李白《紫藤树》："密叶隐歌鸟，香风留美人。"

其二

满眼花飞天外去，

清风拍面绿翩翩。

坡仪橘绿橙黄季，

我爱繁华落尽天。

按：苏东坡："一年好景君须记，最是橙黄橘绿时。"

其三

纷纷紫雪自东西，

雨雨风风化作泥。

恰叹从今春老尽，
绿风递过小黄鹂。

其四
紫烟一树暮春雨，
绿影半庭初夏风。
清景四时皆足取，
眼观心照自从容。

按：此首用新韵。

其五
阴阴紫藤叶，
款款芭蕉风。
繁华落尽后，
闲寂是天工。

按：此首杂体。芭蕉风，实景，亦含日本俳圣"芭蕉风格"之意蕴。

如梦令·露台兰四首

其一

寒尽繁花千树，
恹恹盆兰不语。
何处是家山，
移此人烟深处？
空谷，
空谷，
一点芳心不吐。

其二

根在云岩深处，
屈致人家小圃。
楚楚强作花，
为我春风一度。
归去，
归去，
有主何如无主。

其三

暮暮朝朝风露，

两两晤言成趣。

十载林下姿，

相伴人间知遇。

不负，

不负，

领我对花心语。

其四

叹我危楼秀色，

怎似红尘紫陌。

摇荡任春风，

赏游熙熙如织。

何必，

何必，

高处芳华抛掷。

即事

上午场中下午山，
不教辜负半闲天。
暖风催夏更催我，
错过春光是一年。

按：场中，周日考场监考。

野行

蚕麦花茶诸事过，
山乡五月未莳禾。
短松白石闲闲坐，
看取清风过草坡。

平桥采茶见小山村

半坡青竹半坡茶，
坡下人家几树花。
自笑摘山城市客，
一椽茅舍画溪沙。

把盏怀想崔岕采茶

茶之出处首关情，
入口抵心清趣生。
杯里碧波斑竹岭，
沙明石白涧声声。

按：斑竹岭在戴埠崔岕深山里。

杏花五首（并序）

花朝微雨，杏开，冰白水红，艳而清。拍图。朋友圈响应纷纷：热赞热评外，有小子声律问疑，更有老同学老同事诗赞，酬而复答者数四。花开，天地间盛事，报以诗，宜也。

其一

杏花二月不须期，

雨里小红风里枝。

一日千回看不足，

江南春雨半章诗。

其二

花开吟友哪须期，

齐看春风第二枝。

四句粗成眠去矣，

醒来满眼是赓诗。

其三

十年红杏盛花期，

挤挤挨挨南北枝。

二月杏花

一盏南山清寂雪，

半分禅意半分诗。

按：作者自命手制野山绿茶曰"南山春雪"。

其四

老树新花岁岁期，

粉腮红嘴小腰肢。

如花美眷秋风里，

似水流年付小诗。

其五

天真一派对花枝，

五五衰年知命时。

纵使南山无旧宅，

胜如笼辔苦驱驰。

对花

孟春徂仲夏，花事日复日。

雪尽杏嘴红，香惊幽兰出。

桃李正烂漫，素荣又看橘。

忍冬堆金银，一架芳气溢。

月季月月红，殷勤更无匹。

花是寻常花，乐兮不凡乐。

抽身红尘外，关情花开落。

咏南烛

南烛秉异质，生彼南山脊。

冲淡远膏腴，守拙甘石隙。

弱柯没林丛，黑干瘦似铁。

虽无松柏姿，自有冰雪节。

暑凌复寒逼，青青不改色。

青叶厚且滋，捣汁香鼻息。

乌米炊乌饭，米蓝饭如墨。

可以滋阳气，可以强筋力。

果实虽小黑，甘酸亦美食。

药食同一味，安眠平久咳。

采山亲草木，寻味是乡国。

岁岁山民采，诗客几人撷？

南烛南山巅，谁识复谁悦？

南烛南山巅，何求美人折。

按：乌米，溧阳方言中为动词性。

儿时印象

年年四月八，家家乌饭香。

艰食虽不继，力营老少尝。

发瓮出白糯，斗升经年藏。

呼邻采草头，松坡砾石冈。

杵臼捣新梢，乌米连夜忙。

箐箕盛米没汁液，

柴灶水温满庭芳。

儿童迟睡甜梦里，

明朝满碗乌饭堆白糖。

按：溧阳人称南烛嫩枝叶为乌饭草头。

四月乌饭香

茶蘼

不是人间多薄幸，
谁怜草木有深情。
茶蘼如雪开何晚，
为送青春最后程。

谢老友惠茶书

最是相知一斐君，
茶书遥寄采茶人。
深情难赋茶蘼雪，
夜话何时一盏春。

山中采茶，同事汪老师诗赞，步韵一首

山茶满篓日西斜，

闲坐溪头数小虾。

泉水在山真意在，

清风林下是吾家。

按：杜甫《佳人》有句："在山泉水清，出山泉水浊。"

咏绿海棠

明如晓露淡如飔，

春水小荷舒叶时。

不入红妆脂粉堆，

要留别样海棠诗。

海棠如诗

次韵荀君二首（并序）

农历六月，山行邂逅雁来蕈，承荀君诗赞。戏作二绝，相与为乐。

其一

吴头楚尾是家山，

荷月奇珍分外鲜。

怡眼怡心怡口腹，

不知何处有神仙。

其二

也曾美女爱江山，

也拟调羹烹小鲜。

遥望青云人太堵，

退从林下学神仙。

按：调羹，宰相典故。《老子》：治大国如烹小鲜。

宣城山塘垂钓，戏作

红袖抛纶绿水滨，
一竿草色净无尘。
柳公蓑笠千年后，
独钓寒江第几人？

七楼露台桃杏次第开放

正当二月杏花风，
又见小桃微雨红。
大块生人无寸土，
果农忙碌半空中。

小桃微雨红

行香子·热

日日高温，
上下蒸熏。
漫无涯，焦透心神。
空调吹爆，
电扇转昏。
热气烘鼻，
凳煸腚，
簟炮身。

清凉何处，
心静为门。
掉开头，暑走炎奔。
茶中日月，
书里乾坤。
有一天风，
一天雨，
一天云。

重阳寄毗陵故人

旧园迟桂里，
忽见菊花开。
遥问他乡客，
何时载酒回？

花朝走笔，贺一斐君芳诞，并再申春山之约

今朝花朝节，
恰逢君芳辰。
愿君芳颜年年好，
愿君芳心日日春。
今君将将五十五，
盛年正如日当午。
切莫托老病，
负我三邀苦。
君言最爱是山珍，
山珍春山知多少。
挖笋溪边煮，
采茶夜归炒。
渴来烧涧水，
乏时藉芳草。
春山胜事难一一，
候君把臂春山道。
今朝已是二月中，
迟迟只恐春将老。

念奴娇·为金陵访栗友人作

谁人似我？
二三子，
中有金陵墨客。
闻说溧山多胜事，
数百驱驰来觅。
何处青山？
何方山友？
何必曾相识。
风魔只为，
秋风林下毛栗。

却道天意弄人，
欲晴还雨，
雨外微阳白。
放脚何妨深处走，
晴雨皆为山色。
栗树连坡，
栗儿一地，
栗农还敦实。

夜归去也，
载归山中一日。

大雪二首

其一
拂晓寒光透画帷，
心疑昨夜雪霏霏。
一帘掀出纷纭白，
卧对琼花自在飞。

其二
舞絮飞花万万千，
江南江北一衾眠。
天公纵使心慷慨，
天上棉田许大焉？

感遇

烟云漠漠草萋萋，
清白山花与我齐。
最是寻常槐月景，
情思偏到石城西。

后记：

  四月山行，草花没人，有动于中。昔年少求学金陵，古城墙荒芜不葺。二三子穿行城上，野花抚肩拂面。

野花抚肩

即事（并序）

　　亥末子初，时疫大作。举国上下投入抗疫，而中医药与有力焉。于是议论风起，中医顿成热门话题。学兄 G 君分享往年申论考卷一份，材料皆涉中医药。我既赞编撰者之智慧情怀，后又问："不知细叶谁裁出？" A 君回："拙笔也。" 我道："明知春风故问君。" 后足成一绝，致意初心不改的中医药情怀。

> 不知细叶谁裁出，
> 明白春风故问君。
> 慕道岐黄年少子，
> 传承国粹记君云。

山庄小聚

> 同窗同泽集南钱，
> 正是春风二月天。
> 一段山溪流水曲，
> 几行阡陌武陵篇。

久晴，杏花含苞不开，候雨也否？

呆呆春阳二月中，
春枝犹未闹春风。
也知春雨曾经约，
岁岁江南路上同。

按：元代虞集《风入松》："报道先生归也，杏花春雨江南。"

花朝和友人，有感于疫情

二月人间冰雪里，
春工不管等闲裁。
海棠才破夭桃又，
白白红红各自开。

白白红红各自开

十思园樱花烂漫

春来春上去年枝，
人去人无去岁时。
谷里樱花开作雪，
青天白日一由之。

答荀君《李白桃红几树花》

为我东风约百花，
芳踪先到爱花家。
桃红李白青天下，
一盏山茶报物华。

岁末剪除菊花残枝

千里寒天千卉空，
抱香枝上有残丛。
节华为报来年约，
细理霜根度朔风。

插篱

茎老叶焦秋转绿，
新苞一一见枝杈。
艰难过尽重阳近，
细插疏篱待菊花。

庭橘三首（并序）

屈子《橘颂》，倾情颂橘：后皇嘉树，坚贞不迁，秀实两美，内外双修。实为文人咏橘之开山与造极。千百年以降，东坡自云："吾性好种植，能手自接果木，尤好栽橘。……当买一小园，种柑橘三百本。屈原作《橘颂》，吾园若成，当作一亭，名之曰楚颂。"苏子爱橘，乃远承屈子余风也。（东坡之爱橘，诚亦宦客乡心所托。东坡四川眉山人，而眉山古今为橘乡）予生无寸土，买屋楼顶层，于杂植之先，当庭植橘一株，聊寄向慕前贤之意，而传扬美橘遗风也。

其一

的的素荣香入室，

森森绿叶不知秋。

霜红一树庭前挂，

不羡千头种渚洲。

按：末句用"千头木奴"典。汉末李衡为官清廉，晚年种橘树千株，临终交付儿子以为子孙生计。

其二

流风余韵两千年，

何处而今景楚贤。

烂漫文章南国树，
一篇橘颂写庭前。

其三

种橘东坡是我师，
坡公乡国橘乡眉。
滥觞更到江湘上，
美橘流风出楚辞。

种橘东坡是我师

冬日采食园橘

穿叶斜阳明暗绿，
压枝圆果浅深金。
欣然手摘香盈袖，
一瓣甘酸冰到心。

初冬小花（并序）

时已十月，而风日煦和。几色春花，零零星星。清姿露里，楚楚可人，
而菊犹未盛也。

冬初秋暮泰和天，
点点芳菲尚自妍。
小弱不辞酬煦物，
恬然桂后菊花前。

咏菊花郎

园中菊花郎，
岁岁自滋萌。
宽易不择地，
篱边墙角生。
春夏叶青青，
掐头作汤羹。
苦辛毒热散，
爽口眼目明。
凌挫枝愈繁，
物贱生意浓。
采采复采采，
春枝成秋丛。
秋来点点金，
细瘦共西风。
数日黯淡去，
无计惹诗翁。
暖阳撷颓萎，
藏香素枕中。
物细亦可念，
无负造化工。

即事

春旱连夏秋更燥，
金罂子实细而少。
虽道赋性耐薄瘠，
天时奈何命渺渺。
山隈独有一丛秀，
润泽饱凸如大枣。
原来两坡夹隙处，
山肚水脉泅地表。
拼了性命拼了天，
到底出处是王道。
境亦境造非唯心，
莫随孟浪虚高蹈。

南国春雪二首

其一

雨细如烟仰面有，
雪轻似梦点泥无。
茗壶在握心香暖，
看得寒柯将欲苏。

其二

偏心北国作风光，
腊尽才来走过场。
疏影轻飏梅自落，
手心承取剩冰凉。

立春（并序）

日高睡起，看历，已然于凌晨四时多交春，一时便有春风入怀之曼妙，得句"一觉睡入春天里"，过后成仄韵一首。

寅年改岁寅时尾，
暗度春风睡正美。
夜深犹自哦雪诗，
一觉睡入春天里。

人日值雪（并序）

一冬无雪，正月初七大雪。此日为传统节日人日，华夏子孙共同生日也。

春回七日雪纷纷，
一洗乾坤万里尘。
留得三冬寒与洁，
天心澡雪作新人。

按："作"，作育也。

挹雪煮茶

千门万户共飞花，
清瑞天分到我家。
随分忍冬藤上取，
闻香安坐夜煎茶。

蝶恋花·天目湖访雪不值

城市雪残无足取，
更向湖山，
依旧无寻处。
踏起樟香香似雾，
断枝残叶青铺路。

雪落春天本是误，
何况江南，
无计共花住。
压碎几棵南国树，
轻抛雪客匆匆去。

湖山访雪，而雪已消融殆尽

即来即去江南雪，
不及追随一见之。
几片素笺奴去矣，
漫抛湖畔怨君迟。

对雪（并序）

小厅啜茗，看庭前雪花漫舞，联想数日前，于水墨田园深夜独浴露天温泉情景。其夜阴，天宇无星月。地上昏灯几处，一池水光，于淡淡的水汽中闪闪烁烁。我半浮池水里，拟想如一只孤独的彩蛙，没有天敌也没有伴，觉得世界太空寂。若得半树老大的白梅或者樱花斜逸池上，便好到十分了。今日对雪，蓦然念及，却生出另一种情境来——这一天的曼妙的白雪，若飞到温泉的夜空，如何呢？

草树欹岩灯隐隐，
幽红暗绿水蒙蒙。
欲将今日梅花白，
舞入汤池夜色中。

购催花红牡丹（并序）

壬寅正月十四日（阳历 2 月 14 日），逛花市，遇催花红牡丹一盆。盛开二朵，正好二朵，半含一朵，另破嘴红蕾三四，隐现花叶间。煌煌满盆，蔚然如霞，春意十分，过目不舍。亦知正月牡丹出自人工而非天然，无奈人间苦寒。时已七九，花市往返经河沿，柳条索寞，柳眼未开。

何方冻木起红云，
唤醒洛阳三月春。
千万垂柳冬梦里，
高情不为为精神。

按：刘禹锡有句"暂凭杯酒长精神"。

寒中观早春牡丹

借来人事补天工，
正月牡丹蓬勃红。
一眼芳华观世界，
大千无处不春风。

咏梅兰

甘肥娱口腹，
芳草娱心目。
为我数枝花，
拼却半担肉。
红梅老干坚比铁，
兰草素心清如雪。
书生衰颓寒凉里，
对此稍回中心热。
中心热，
梅兰节，
与花说。

红梅与兰草

植梅逢雨（并序）

天气预报连日晴或多云，昼植梅，而夜雨潜至。欣哉幸哉，诗以感德。

晓枝水色反曦光，
夜雨无声入梦乡。
天令甘霖晴里到，
好生德泽及梅桩。

春回

朝朝青眼对枝杈，
叹息无由速物华。
一夕暖风侵晓雨，
安排桃李尽开花。

临溪野桃花

二十四番花信风，
吹飞桃片已春中。
芳华一度何人见，
只有山溪送落红。

晚春雨后

檐声一夜频惊梦，
残雨小园争碧鲜。
漂濯菜心桃瓣出，
红衣片片泛清涟。

菖蒲抽蕊二首

其一

乍暖还寒听苦雨，

桃残李尽看春迟。

蓦然白石青丛里，

点粉轻黄三二支。

其二

不逢知己不开花，

泉石青山是故家。

几穗松黄寒料峭，

多承澹泊共生涯。

后记：

    诗成查阅，方知首句乃清金农成句，初以为俗语也。

菖蒲抽蕊

咏映山红

二月春山春未浓，
惹眼最是映山红。
霞绡薄透无寒色，
根底春泥向暖中。

山行

仄仄沙溪短草陂，
晴光细雨两相宜。
城中桃李风吹尽，
恰到山花烂漫时。

惹眼最是映山红

暮春二首

其一

牡丹国色名天下，
浪漫玫瑰世界花。
谷雨登台联袂舞，
豪华谢幕谢年华。

其二

月季玫瑰更牡丹，
落花雨里倩君看。
豪情挥洒临歧路，
别是英雄心肺肝。

按：落花者，落花时节，暮春。

月季玫瑰更牡丹

晚春

玫瑰花里曳长裙，
芳气感人初觉熏。
惬意无如三月暮，
残书伴夜尚无蚊。

初夏

寂寂半壶茶，
明明数小花。
身虚犹任读，
物我两清嘉。

闷热，而东风过门不入（并序）

　　家处顶楼西端，露台东有高墙界隔邻里。小园千般好，唯东风不度为憾。前后园有果树枝叶南出或北出，可探得东风，一被清凉，令人羡之莫及，恨不能化身一只趴在枝头的蝉。而与我同楼层仅一路之隔的西栋第一户，则东无遮拦，露台轩敞迎风。因念卜居，可东则不西也。又想，倘若村野有园宅，眼下正是在空旷的场地纳凉的时节了，那枝头上的凉意至于羡慕不已吗？

> 东风李叶桃枝过，
> 直去西邻作晚凉。
> 想念农家田野里，
> 绿风八面晒禾场。

深秋荷尽，一支亭亭，向水独放

红蕖一朵艳无邻，
恨向湖心看不真。
天起阵风来水上，
蓦然半面瞥佳人。

买花，饶弃掷文心兰一小棵

素花开过一星残，
无土无盆叶半干。
却喜清姿标格在，
文心小字更宜兰。

归来花开（并序）

　　乡村回，梨花满树，似迓我归。绕枝欣然，联想二日前出门之际，花苞鼓凸，红嘴尖尖，恰似怨人抛撇，而作小女儿赌气状。前后相形，口占仄韵杂体一首，戏花也。

> 我去踏青访春水，
> 个个嘟噜小红嘴。
> 今日应知我归来，
> 一树粲然吐芳蕊。

始知番瓜花香二首

其一

叶大花肥一色黄，
坡头地角任骄阳。
亲栽亲灌共昏晓，
方识村粗亦有香。

其二

芳馨天赋自绵绵，
误会南瓜六十年。
幸有闲情亲草木，
不妨人世被边缘。

和人一首（并序）

学生宋君女儿，大学初学旧体诗，有作见于朋友圈。予赓一首，以为唱和之乐，且示嘉许之意。

> 风清气淑日迟迟，
> 杏雪霏霏桃上枝。
> 最是关情如月晚，
> 花开花谢两同时。

按：如月，二月。

春意

> 梨云杏雨是中春，
> 叶嫩花初色色新。
> 光景晴和南陌上，
> 红妆挑菜二三人。

梦回起观桃花（并序）

东坡《海棠》古体有"月下无人更清淑""桃李漫山总粗俗"句。菲什为夭桃辩。横刀救美，想坡翁不罪我也。

> 莫恨风窗切梦刀，
> 何妨趁月看夭桃。
> 武陵春色空蒙里，
> 迷失渔船迷失陶。

按：陶，即陶渊明。

竹塘探樱，花未开，就近双百水库寻地耳归

> 长恨去年雪满地，
> 唯恐今岁再误期。
> 今日进山偏又早，
> 轻红未肯将就上寒枝。
> 我眠未苏君去矣，
> 枝条冷漠香阁闭。

美人脾气客奈何，

转向春泥草根拾地耳。

雨过水畔沙蹊净，

浅草雨珠挂绿尖。

地耳深褐杂淡青，

湿软匍匐沙草间。

好花高致不解馋，

地耳微细是时鲜。

何况不需借人力，

春雨春泥出天然。

归来和着春韭炒，

人人甘肥不搛搛此盘。

拾地耳，拾地耳，

引颈看天候雨止，

雨止提篮呼伴进山里。

彼时山樱或已开，

红妆十队挤挤挨挨翘首企足望我来。

樱花弥望，曝背芳丛，而四山无人影

历谷经坡看不尽，
芳林藉草碧云天。
花光草色闲无主，
蝶乱蜂忙我欲眠。

花光草色闲无主

李花二首（并序）

小园李花盛开，长条横出，初叶青细，白花团簇。一几一椅，读写啜茗，时与花枝高下厮磨，戏作。

其一

挤挤挨挨满树花，

抱团哄闹小儿家。

重重攒首窥书字，

窃指推敲在六麻。

其二

白白青青细细花，

清新清秀女儿家。

一枝飘逸临杯口，

笑问清香甚好茶。

按：此二首押六麻韵。

小园李花开

李尽，桃又将阑

园芳自惜不离家，
呆坐春风伴落花。
李去纷纷连日雪，
夭桃几片欲飞霞。

落花

一番冷雨一番风，
一树春光一树空。
绚烂朱颜旬日里，
纷纭白雪土尘中。
萧条忍死眠寒苦，
寂寞待时安厄穷。
诗客解花花解否，
楼台净扫承落红。

网购月季二首（并序）

初春，网上见欧月蓝色妖姬，喜购数株。入夏，开花皆红色。而商家图片花颜蓝艳绝俗。戏为二绝。

其一

下楼取件步如飞，
驿路花来细雨时。
君问佳人何所自，
拼多多上聘妖姬。

其二

红袖群中蓝小衫，
春江惹梦是清涵。
熏风一日开娇萼，
无奈妖姬不姓蓝。

忙里花落，露台拾取玫瑰花瓣

逐晴镇日芥为家，
夜半孤灯焙雪芽。
辜负红妆自开谢，
殒香细撷慰芳华。

咏山栀子

深山深处山栀子，
揽取和香纫我衿。
一种清华冰雪色，
何人堪与结同心。

按：栀子花又名同心花。

杏叶凋零

昨夜秋声来梦里，
清晨满地尽凋枯。
谁思落寞空枝上，
曾是江南春雨图。

咏南瓜雄花

壮硕明黄一架花，
即开即谢作生涯。
铺金满地梅时雨，
藤挂一枚青小瓜。

咏蝉花

细物金蝉亦可嗟，
深埋黑暗度年华。
毕生日月无由见，
天地容开一朵花。

后记：

    此什致悯被真菌夺命养命之蝉，兼致一切被强权强势巧取豪夺之尘世劳人。

天地容开一朵花

咏草

花容春易老，
草色夏犹清。
蹈践依然绿，
野烧还复生。
萋萋留隐者，
恨恨寄离情。
相悦长相对，
将呼不可名。

早行即景

水水晨风沁臂凉，
阴阴绿野满禾秧。
时交大伏芳菲歇，
只有丝瓜随地黄。

夏花（并序）

盛暑，盆栽须每日至少晨昏两遍浇灌。又须适时挪移，或避日趋阴，或出阴就日，或迁避疾风骤雨，随后还须清扫，每致汗水淋漓。忙讫，稍事盥沐。然后一椅一几一茗阴凉处，或读写，或小坐，便觉人间相得，无过园植与我，而欣慰亦在其中矣。

柔白轻红婉婉开，
芳华不易夏中来。
谁言草木无情物，
远去秋波为我回。

久旱热，处暑日暴风雨忽至

一时急雨挟飘风，
立马暑清凉意浓。
天地阴阳初际会，
五行金火首交锋。

观小园暴雨

长空翻墨云旗卷，
排阵阳台接短兵。
拍面黑风吹病叶，
打门白雨扫残英。
赏心浊滓流中去，
悦目清新暑外生。
不坠悬瓜真万幸，
探头数四竟虚惊。

暑中小园

草花清气退炎氛，
昼掩柴门差似春。
可意几般新月季，
时呈红白逗幽人。

惊秋

杏枝横出悬盆植，
忽讶金英绿里开。
衔子鸿鹄何日到，
养花烟雨未曾培。
原来秋影随风下，
不是芳踪蹑露来。
我欲从容天不待，
摩挲老眼自徘徊。

南京学习，因谒夫子庙，有感（并记）

从来三教首为儒，
万古浩然称正途。
华夏何方无孔庙，
而今只此礼文枢。

后记：

儒教，自孔子滥觞，煌煌几三千年，实中华血脉之江河，中华脊梁之泰岳。公元前五世纪，鲁哀公于孔子逝世次年首建孔庙；公元前二世纪，汉高祖开天子谒孔庙和国家祭孔之先；公元五世纪，北魏孝文帝首立孔庙于京师；公元七世纪，唐高祖诏令国子学立周公孔子庙，唐太宗诏令天下州学县学，各设周孔庙，后撤周而专祀孔。肇始有唐，庙学合一，立庙礼孔遂成国家制度与天下风气。官员莅任，下车伊始，头件事是拜孔庙。孔庙也由原始宗法意义上的家庙，而成为国家文教之渊薮与崇高殿堂的文庙。后世历朝历代，礼孔规格规模皆有过之而无不及。儒家文化薪火相传，淬火成钢，铸就了中华民族的强大基因，并影响四方八表慕风向化。华夏大地虽两度被外族入主，而儒教文脉不但从不曾断绝，反而同化了入主之外族，以另一种途径达成天下大同的理想。现今，民间大兴佛寺教堂，庙宇遍及村镇，而数百里之间不见一处孔庙。佛寺教堂可有，孔庙焉可无！当然，与时俱进，亦儒家之理念，一代有一代之尊儒方式，不必泥古照搬，但绝不可听任自身主流文化被外来文化所替代而无所作为。中华文脉不可断，至圣先师万古师表在华夏大地上的一席之地不可无。因为诗。诗之不足而后为之记。

好事近（并序）

立冬，寒潮骤至，雨随之，大降温，而园菊将开。

风雨涤乾坤，
荡尽病枝枯叶。
数点暮秋花细，
惜伶仃愁绝。

一番洒扫碧天深，
篱落饼金凸。
醒脑药香霜气，
看黄花晚节。

行香子·春

雪洗残冬，
梅上春从。
谁安排、暗继芳踪？
东君调度，
南北从容。
只些儿阳，
些儿雨，
些儿风。

缓移水墨，
渐呈彩笔，
料画工，乔扮春工。
调和烟雨，
抹翠披红，
任几般深，
几般浅，
几般重。

夜雨骤凉

长热淹留如恶客，
扰人清境及清思。
忽然逐令寒声急，
扫叶晨风拾小诗。

拾蕈不遇，大坝埂即景

一曲山塘沙岸净，
几家农舍出林菲。
寻珍不值回程处，
惊起幽禽踏水飞。

捕鱼

水光山色捕鱼人，
半日大溪为逸民。
何必桃花飘夹岸，
洒然心在武陵春。

水光山色捕鱼人

秋热戏作

秋分早过无秋意，
天地洪炉燥热中。
借问天公何所以，
夏凉赊却雨和风。

秋热不退，九月桂未发

时迁霜序欲流金，
一树森森尚绿沉。
总是清姿难附热，
矜贞不肯吐芳心。

重阳二首（并序）

　　九日湿热昏闷，望天懒出。踟蹰再三，看看日暮。上露台，冥色四合矣。且四围楼群，了无登高送目之况味。而园菊尚未绽放。念东坡"人生惟寒食重九不可虚掷"之言，意尤缺然。夜深不能自释，口占一绝。次日又填《醉太平》一首。

其一
清华无迹模棱季，
浊气重围暧昧天。
不共寒花酬九九，
人生谁与一陶然。

其二　醉太平
西风叶凉，
长空雁行。
菊花高处杯觞，
咏清诗几章。

涔云不旸，
高温未央。
十分佳节心肠，
亦重阳一场。

气温骤降

前天犹燠溽，
昨夜雨声寒。
矫枉虽过正，
罢羸赖少安。

降温三五日，雨霁山行，桂花盛开

寒心不与众芳同，
八月花开九月丛。
白露坡头红叶下，
谁家不在桂香中。

咏迟桂二首

其一

不同浓艳争春色，
自与西风作晚香。
落木飘零清凝露，
丹黄万点擅秋场。

按：晚香常指菊花，此处有别。

其二

免教宋玉太悲凉，
天地平添一段香。
露白气熏清透骨，
放飞秋兴学轩郎。

按：轩郎，鹤也。刘禹锡《秋词》有句："晴空一鹤排云上，便引诗情到碧霄。"

秋收后田野

南亩收秋千顷尽，
襟怀荡荡对皇天。
苍生恩养丰登后，
又见犁铧向大田。

南山采桂子

嫩黄老绿布山冈，
和露轻飏肺腑香。
摇落芳华藏酒瓮，
围炉对雪酌秋光。

岁末见柳发芽（并序）

　　腊月二十七，沿城中河，往花市。忽觉垂水柳条仿佛已透绿意。近看，细细柳芽，绒绒杨花，浅绿嫩黄。此际，分明有个声音，嘹亮响起。拍图发朋友圈，题曰：五九六九，沿河看柳。学生余君评：先生好兴致，此处宜有诗。岁末年初忙迫，今已初五，下午得闲。小园艳阳和风，一椅一几一盏茶，粗了一笔跨年诗债。呵呵。

腊中柳眼忽然开，
水点风扶绿意来。
仿佛婴儿初睡醒，
一声啼哭报春回。

咏梅

剪雪裁冰第一枝，
清吟小酌两相宜。
只因前有林和靖，
从来把酒不题诗。

正月初十，溧水傅家边访梅

春探春初春已迟，
落梅满路雪霏霏。
沾衣不拂由他在，
好带几分清气归。

暮春野兴

清泉漱石落花风，
人在欣欣草木中。
无主红莓随兴摘，
涧头坡脚一丛丛。

无主红莓随兴摘

访梅回，欣见南阳台杏花已春意十分，夜吟二绝以纪

其一
春风百里访山梅，
红杏家园已烂开。
忙煞花奴天悯否，
后先春色一时回。

其二
自家佳丽肯无诗，
粗了梅篇拈杏枝。
无负梅卿无负杏，
吟哦不睡夜分时。

按：肯，岂肯也。

读冰传（并序）

　　李一冰《苏东坡新传》，老友一斐君所惠。大爱，手不释卷半月余。天寒，拥炉夜读，每至三更。苏传，曾读过王、林、曾数家。或质实，或意气，各有千秋，然就模人追心而论，诸传皆不及冰传情文并茂到位动人。读冰传，如痛饮陈年佳酿，质味醇厚，元气淋漓，旬日犹觉齿颊余香，脏腑熨帖。大哉，冰传，吾读东坡传，至此可以为观止矣。

冰传东坡自不群，
十分文字十分真。
十分忧患无从说，
一片伤心写古人。

微雨夜读

檐声一二有还无，
炉火温如读大苏。
四合沉沉灯影里，
一丛寒秀石菖蒲。

　　按：东坡《石菖蒲叙》有"忍寒苦，安澹泊，与清泉白石为伍，不待泥而生"数句，状石菖蒲最神。

读东坡

才大不容忠被谤，
何如旷达换悲凉。
黄州猪肉惠州荔，
半是天真半至刚。

有感于东坡以两学士帅定，
而哲宗不允陛辞

帝师霜须出帅旗，
少年天子不亲辞。
东坡道眼宜参破，
岂非山雨欲来时。

夜读东坡（并序）

　　读孔氏《三苏年谱》至绍圣初，孤灯夜深，而欲罢不能，虽东坡行迹早熟稔于心。直读至东坡抵惠州贬所方释卷，时四更矣。

> 山长水阔南迁路，
> 正是人间势利场。
> 一盏昏灯过夜半，
> 直陪逐客到穷荒。

十二月十九日，祀东坡三首

其一

故人欲作东坡祀，

岁末殷勤觅荔枝。

我正无从寄景慕，

笋干烧肉读苏诗。

其二

滚滚长江日夜东，

而今何处展坡翁。

乾坤一点浩然气，

散在千年文字中。

其三

四十年来识老坡，

掀髯雅爱一呵呵。

风云不测人间路，

何处借公烟雨蓑。

辛丑六月，南京疫情扩散，蓉城之行未果

友生邀共走成都，
拟道眉山我访苏。
寄语东坡宽日月，
海棠雨里叩君庐。

东坡诞辰忆旧事（并序）

腊月十九，东坡华诞。某年今日，零下九度极寒，曾携儿子专车赴常，谒藤花旧馆，而友生杨君全程陪同。

归去南山无旧宅，
几椽赁屋且为窠。
藤花旧馆千年后，
死地生辰展大坡。

常州东坡公园舣舟亭怀想

寒水残灯岁末哀，

东西南北一风桅。

运河千载波无改，

为候东坡棹唱来。

海棠飘零入河（并序）

　　吾家枕古胥河，沿岸多海棠。河东流三十里接荆溪，入太湖。东坡当年曾买田荆溪畔。海棠又名蜀客，而东坡亦蜀客也。西邻（自谓）因蜀客存问蜀客，不亦宜乎？

春风濑水海棠多，

红雨纷纷赴绿波。

寄语东行三十里，

荆溪蜀客问东坡。

春风濑水海棠多

忆初访宜兴东坡买田处

东坡将老爱荆溪，
水接山邻我在西。
度竹穿梅三十里，
行行忽见草堂题。

按：东坡买田处初为东坡草堂。

东坡忌辰书怀

风流一去去无踪，
梦想东篱邻舍翁。
秋月春风晴与雨，
从容答问隔花丛。

追和东坡《除夜野宿常州城外二首》

其一

宦情客意自酸悲，
一点残灯已烛微。
走吏中年江表过，
逐臣白首海南归。
买田颐老情缘厚，
投里延年时日稀。
鸿爪雪泥灯影冷，
一坟嵩麓作归依。

其二

东西南北百年徂，
到底终身走道途。
半世流离三被谪，
一生辗转八分符。
橘黄照水舒青眼，
稻熟迎风捋雪须。
归梦此生终是梦，
家园何处伤大苏！

鲦鱼之乐

濠水之鲦柳叶身，
从容游出纵天真。
任他北海风鹏举，
自爱清流弄细粼。

按：《庄子·秋水》：庄子与惠子游于濠梁之上，庄子曰："鲦鱼出游从容，是鱼之乐也。"

柳家山水十首（并序）

　　昼读《全宋词》，至柳郎中《集贤宾》"小楼深巷狂游遍"，不禁大笑俯仰，信手批"柳家山水"四字。夜深将寝，忽然念及，于枕上口占一绝，援笔存草，欣然而眠。随后数日，余兴犹酣，绝句小词，络绎数篇。柳词非初读，此句非初见，而等闲放过四十年，何哉? 菲什借柳词珠玉不少，润我蓬荜也，致敬也。

其一

深巷小楼游历遍，

柳家此处好林泉。

为卿绝倒卿休怪，

卿出天然我亦天。

其二

深巷小楼游历遍，

费卿多少马车钱。

何如燕畤莺啼处，

柳绿花红架几椽。

其三

何必人人林下去，
清流标格几般般。
小楼深巷狂游遍，
大抵买花如买山。

其四

渔翁鼓枻沧浪水，
野父耕田击壤歌。
乞食卖浆樵唱地，
或为大璞寄形窠。

其五

小楼深巷狂游遍，
多少花心恨不如。
无状文人迂阔语，
柳卿不饰众人虚。

其六　忆江南

花柳里，
沧浪外江湖。
醒在浅斟低唱处，

英雄小隐是屠沽，
濠上看游鱼。

其七　西江月

才负凌云词赋，
品兼掷果风华。
红裙十队送征车，
自是出尘潇洒。

笔下三秋桂子，
心头十里荷花。
何须归去种桑麻，
瓦舍依稀村舍。

按：瓦舍即勾栏瓦舍，宋朝城市娱乐场所。

其八　西江月

我不求人富贵，
人须求我文章。
浅斟低唱趁年光，
花里白衣卿相。

宋帝一朝文德，
柳卿半世疏狂。
清时濯足在沧浪，
误入小楼深巷。

按：宋帝，指宋仁宗。

其九　西江月

纸上君臣父子，
灯前往圣先贤。
书生到此亦堪怜，
长路一鞭日晚。

不乐狎玩尘土，
岂甘抛掷云泉。
也拟烟雨钓鱼船，
家世儒冠约绊。

其十
忆秦娥·众名姬春风吊柳七

吊柳七，
乐游原上清明节。
清明节，

如云秀色，
柳郎坟侧。

黄金榜上龙头失，
红妆队里生花笔。
生花笔，
缙绅抛掷，
佳人偏惜。

按：用明冯梦龙小说旧题，再申旧旨。

戏李峤（并序）

通读《全唐诗》至李峤，觉峤诗生气索然，又多卷帙。正值台风"烟花"过境，忽来一阵飙风，猛掀书数十页。呵呵，开心。李峤时号"文章宿老"，"一时学者取法焉"，失敬失敬。

诗读李峤苦不已，
居然宿老号当时。
多情海上长风至，
飒飒翻书到李颀。

晒裈花里自嘲（并序）

读《义山杂纂》，有"煞风景"条，其列败兴事十三，曰："松下喝道，看花泪下，苔上铺席，斫却垂杨，花下晒裈，游春重载，石笋系马，月下把火，步行将军，背山起高楼，果园种花，花架下养鸡鸭，妓筵说俗事。"而花间晒裈，实我生活之日常也。既无计营大宅院，令裈与花分而远之，则无如视裈如花，小李不知可也不可。退想老庄，应不否我。奈何，奈何。戏作。

逼仄楼台耕读处，
半方小圃半方书。
晒裈花里良有以，
遥揖高情莫哂予。

读史

陆沉半壁岂缘天，
自毁长城不足怜。
痛哭岳家双父子，
金戈铁马正当年。

雀屎落唐诗

绿庭有闲椅，
闭门读唐诗：
行到水穷处，
坐看云起时。
忽讶何物落字里，
竟然雀粪点王维。
摩诘秋风芙蓉姿，
我心歉歉其可知。
辋川一何广，
纤尘不使起。
洒然十余辈，
缚帚二童子。
方念摩诘洁，
转觉右丞迷。
诗佛虽笃佛，
似执还似痴。
富贵红尘里，
清水洗块泥。
执净亦是染，

彼此等高低。

倘存清净心，

何必无垢衣。

释言佛是干屎橛，

庄说道存尿屎里。

我爱绿荫有清飔，

何妨头上落雀屎。

净秽非是亦非非，

水穷云起两由之。

辋川太费我不宜，

破屋漫扫作加持。

按：无垢衣，袈裟的别名。

史笔

仁者爱人纪宋君，

宽刑省赋数家珍。

贤贤难得春秋笔，

策马弯弓大漠人。

景想叶嘉莹先生（并序）

　　读大学时，我幸得亲聆叶先生唐诗赏析讲座。叶先生于中华诗词之热忱，于诗作体味之精微及讲解之精练，令我终生受益。而洋溢于仪型与举手投足之间的气质风韵之绝俗，亦令人一见难忘。那身墨绿套裙，总令人联想亭亭净植之荷，风神至今犹在眼前。老退游心诗词之际，我愈加体会到叶先生于西风浩荡之当口，逆风而行，回归祖国，身体力行，倡导中华传统文化之难能可贵。惜乎无缘重瞻高仪，再聆布道。聊借此菲什，以寄怀思景慕之忱。

　　　　　　　　常忆开筵墨绿衣，
　　　　　　　　清扬庄秀美风仪。
　　　　　　　　夙心诗国传薪火，
　　　　　　　　立地先生便是诗。

忆江南·金陵（五首）

其一
金陵梦，

梦里是南师。

那岁青衿桃李季，

而今白首梦回时。

烂漫石城西。

其二
金陵忆，

还是忆南师。

古杏铺金宜拾级，

腊梅点雪好吟诗。

随处树高低。

其三
金陵忆，

春暮古林西。

天际江流沉紫日，

城头蹊径没芳菲。

撷卉晚归时。

其四

金陵忆，
清气透栖霞。
千佛破残欹石径，
钟声出树是僧家。
霜叶斗红花。

其五

金陵梦，
梦断帝王州。
江水苍茫天地外，
残阳草树古城头。
携酒蒋山秋。

忆旧游栖霞（并序）

大一上学期，何永康老师教写作，安排秋游栖霞。女同学数人结伴同登山顶。红枫至今在目，哗笑至今在耳。而江水滔滔，逝者如斯，转瞬几四十年矣。

> 欲令江山归眼底，
> 女儿登顶各争先。
> 攀爬据地裙钗兽，
> 喧笑穿林瀑布泉。
> 霜叶如烧霜气激，
> 白头似烬白驹迁。
> 寻声踏迹重来日，
> 只恐丹枫亦雪颠。

老母猪岕访茶，春尖尚稀

山客冲情自不凡，
园茶竞秀独迟淹。
顷来频向南山去，
为摘春风第一尖。

采新茶

可喜今春风候早，
深山瑞草出灵芽。
杜鹃花影溪声里，
觅得明前一两茶。

深山瑞草出灵芽

潇湘夜雨·茶人

陆圣三篇，
卢仙七碗，
千年独步非夸。
"爱茶人"被，
风雅乐天拿。
谁妙语，
佳人佳茗；
真达者，
新火新茶。
东坡最，
清欢有味，
尘世一仙家。

茗烟熏沐里，
倩君看我，
茶者生涯。
春风手摘，
泉石烟霞。
清秋节，

一壶红雨；

炎夏日，

几盏雪芽。

茶事迫，

小词不赋，

夜火焙黄花。

按：红雨、雪芽、黄花，皆作者手制野山茶。

新火新茶

制茶

茶气腾腾火映窗，
闷抛揉捻夜深忙。
睡前不肯轻涓涤，
满手和香入梦乡。

眼儿媚·暑中对茶

那时李白杏儿红，
无日不山中。
连坡青竹，
一溪沙水，
半个茶农。

而今夏炎瓜荫下，
把盏想春风。
香中花气，
汤中山色，
壶里春浓。

寻味韩茶（并序）

老同学清华教授陈君，惠我韩国济州茶，共九款。承老友体贴费心，一一手写中文名贴于包装。其中本色茗茶仅二款，余为各式花果茶，真所谓无茶之茶，无物不可入韩茶。我首选其中的济州纯绿茶试水，汤色同绿茶，而茶味殊淡。诗以识之，兼答吾友广我制茶思路之美意。

白马当然马，
韩茶可是茶？
披林寻蹑迹，
步月听落花。
色秀同灵草，
味荒非碧霞。
何方茶韵正，
到底我中华。

按：灵草、碧霞，指茶。宋沈括《尝茶》："不知灵草天然异，一夜风吹一寸长。"元耶律楚材诗句"一碗和香吸碧霞"。

仲夏即事五首

其一
夏中暑浊生，
蝉噪弄初晴。
瓜架花荫下，
一壶春雪清。

其二
瓜叶如蒲扇，
翻翻自绿风。
阑斑光影细，
摇落午茶盅。

其三
小儿瓜架下，
心手两悠悠。
偶为添茶水，
起身瓜打头。

瓜架花荫下

其四

欲止还飘雨，

湿红三两花。

读书衰眼暗，

戴笠数新瓜。

其五

夏中茶事息，

晴雨两由之。

啜茗亲瓜果，

乘闲赋小诗。

不饮夜茶

无可如何不夜侯，

枯灯白水读春秋。

日常睡起呼清友，

茶烟墨气点午瓯。

按：不夜侯、清友，茶之戏称雅称。墨气，书香。

留段青山三首

其一
留段青山藏淑气,
露寒雁至出林珍。
一篮提取松风韵,
长作南山拾薹人。

其二
留段青山最后因,
一丝断绝万年根。
采山之乐犹可失,
灭劫重生岂有门。

其三
留段青山舒望眼,
养成绿水泽心田。
抃风舞润衰年幸,
大道高歌法自然。

青山绿水泽心田

挑得小蒜和稻谷荠，抢晒，入瓮而雨至

郎溪挑菜不虚行，
又幸天公二日晴。
饱晒阳光装瓮了，
菜香闲想雨声声。

虞美人·买菜

布鞋半旧人半老，
细篾篮儿小。
行行止止不听钟，
豆腐活鱼随意几根葱。

当年见此心心羡，
自恨退休远。
而今岁月付西风，
也在鲜衣亮嗓大妈中。

按：私爱末二句，依格应换韵。

忆秦娥（并序）

　　前夜大雨骤作骤止，翌晨往买菜。天青云白，初阳才及林梢。街面浓荫似水，少市人。行道树国槐，身高干黑，枝杈横生，而花瓣则小过榆钱，轻黄淡绿，风中飘飞纷然，纯如婉如，可人之至。于炎热喧闹中领此清凉静美，柴米油盐之际也有洒然尘外的一刻。此一人之节日也，惜之，珍之。

宜蹀躞，
长槐矮屋天高洁。
天高洁，
凉风似水，
落英如雪。

佳花佳月辄佳节，
悠然忆起东坡说。
东坡说，
清凉无汗，
玉肌冰骨。

买菜作游春二首

其一

西成桥堍樱如雾，

垂水迎春尚点金。

天气清和初雨霁，

手提春菜看春深。

其二

小街不雨亦无尘，

时见芳丛少见人。

蚁聚名山空热闹，

何如走巷作游春。

买菜途中

似有疑无不着迹，
因风到面荫丝丝。
誉清夜枕吟坡句，
碎踏春风买菜时。

按：荫，读去声，方言凉的意思。

踏雨剪韭

翠叶紫茎三二寸，
南山脚下土如膏。
翩然一笠梨花雨，
细剪春畦第一刀。

晒菜梅下

种花种菜何为雅，
花菜同园是我家。
铺菜春风芳树下，
青青芥叶点梅花。

采桑子（并序）

旱热经久，中夜雷暴。晨霁清凉，云天如洗，下楼买菜去也。

天君忽略江南久，
昨夜匆匆，
伐鼓鸣钟，
记起此时梅雨浓。

晓天如洗下楼去，
粗绾蓬松，
裙底生风，
掉臂清凉世界中。

秋瓜（并序）

　　冬瓜架子一夏寂寂，老藤忍旱热未死而已。近中秋，雨中叶嫩花繁，小瓜累累。

好雨随风到我家，
枯藤返绿结新瓜。
手提万勺千瓢后，
雨湿青枝无数花。

小园二首

其一

归去来兮陶靖节，
南山种豆有田庄。
我无方宅十余亩，
收拾花盆作道场。

按：昔人有云：行住作卧，皆是道场。

其二

青橘黄梨绿海棠，
移前挪后费思量。
东西南北团团磨，
一椅当中四面妨。

楼顶种菜三首

其一

心在桃源阡陌间，
乾坤无处不良田。
花盆种菜七楼上，
浩荡凉风白露天。

其二

先生本是一农人，
家在青山烟雨村。
一入小城无寸土，
花盆且作艺蔬盆。

其三

山野小民山野心，
春泥挑菜情结深。
何当卜筑山野去，
菜圃插篱连果林。

见菜籽出苗

黎明即起不需鸡，
风露浇园手自提。
喜见菜芽初破土，
半黄半白半头泥。

白露酒熟

秋菜恰悦目，
秋酿又馥郁。
洗手忙开坛，
把酒看新绿。

秋菜有成

秋里播撒秋里得，
喜我盘餐添秀色。
不负勤苦不负心，
除却读书是种植。

老家采撷

门前红橘树，
田里绿菘畦。
稻熟香洋溢，
晴光满草蹊。

拥炉二首

其一
身虚不耐寒，
日日火炉边。
多谢分分热，
相依寂寂年。

其二
天地广寒宫，
小斋炉火红。
有书无冻馁，
心足不言穷。

桂林山顶北望（并序）

　　桂林南麓，屡采金罂子之所也，而山北不曾一到。首次造极，意欲一觇究竟。登高送目，原以为山北风光可以一览无遗，结果一无所见。王荆公句："不畏浮云遮望眼，只缘身在最高层。"诗家语误人矣。一笑。

立身已在最高处，
望眼却遭红叶遮。
鸡唱一声来脚下，
方知岕里有人家。

冬山采薪

鄙事多能少也贫，
老穷依旧乐樵薪。
晴光无限南坡上，
木叶馨香亦醉人。

　　按：多能鄙事，语出《论语·子罕》。子曰："吾少也贱，故多能鄙事。君子多乎哉？不多也。"又有《多能鄙事》一书，传为明代刘基（伯温）所撰。

劈柴

刀刀碎木作茶薪，
曾是南山一段春。
小坐柴堆香气里，
荣枯难悟数年轮。

晴冬采薪归来

挈枯摧朽穿樵路，
满载晴光下岭来。
漫想一天飞雪里，
红炉闲读倚柴堆。

刀刀碎木作茶薪

大寒日，龙尾小山拾松塔

松风松色短松冈.
半日穿梭乐未央。
煎雪茶炉松塔火，
倩君细味岁寒香。

冬日即事

自信拾柴胜拾财，
安心一片载家来。
暖阳小晒忙收起，
爱看风檐出柴堆。

雪中吟三首

其一

一天飞雪近黄昏，
十级寒风撼院门。
看雪听风无冻色，
应缘借得一炉温。

其二

寒来飞雪雪来诗，
呵手冲风开北扉。
吟得春光来天地，
雪飞看取是花飞。

其三

激情风伯送清诗，
日暮频频打我扉。
释卷推门弥望里，
苍茫无处不花飞。

游普陀山，赤足戏水百步沙

足登三宝地，
心在水天间。
彼岸何飘渺，
康娱此海湾。

有感普陀师石"回头是岸"

逝者如斯不可留，
何来岁月许回头。
人生离岸便无岸，
南北东西一叶舟。

心在水天间

桂枝香·畅游千岛湖

行程八百，
为千岛湖光，
浙西山色。
小艇嗨翻白浪，
雪飞衣湿。
长风畅意开襟抱，
任鬓边，呼呼猎猎。
远岑近屿，
水迷烟绕，
逸容谁识？

似老子，
千千小国。
有鸡犬相闻，
我家园宅。
雨里渔人相过，
小舟蓑笠。
湖山家国无非梦，
又何妨，泊梦寒碧。

浪轻轻拍，
不唯鱼美，
水清堪吃。

千岛湖水

乱叠青山一万重，
溪声更在白云中。
独清岂是寻常得，
出处回看不与同。

十六字令三首

其一

清，
秀水人间第一名。
烟霞近，
随意小舟横。

其二

清，
一曲烟波世外情。
心田在，
此处正堪耕。

其三

清，
秀水西头岚气生。
青山远，
嘉木想鸠坑。

按：一，嘉木见陆羽《茶经》首句："茶者，南方之嘉木也。"二，淳安县自古产茶，其鸠坑乡现有八百龄茶树王。予素爱茶，然游千岛湖，与鸠坑缘悭一面。

江南好（并序）

　　秋雨初霁，与儿子溧水拾蕈。到山已迟，山下有车，山上多人声。雨后山珍已为捷足者先得，我俩所获寥寥。正自怏怏，不意泥途遇一陶瓶。山塘清洗，韩瓶也，粗砺可爱。欣然归。

多少事，
得丧两无凭。
还是寻常林下过，
惊鸿一瞥老眸青。
濯洗认韩瓶。

西江月·秋游

呆呆初阳天气，
丛丛黄菊草坡。
陂塘绿水白双鹅，
老树枝头红果。

联袂秋风躞蹀，
醉心秋色吟哦。
从来霜节愀悲多，
后土皇天惠我。

宁国归来

樵柴拾蕈走山间，
自许山民五十年。
一日皖南归去后，
家山再看是平川。

七十二道拐（并序）

　　庚子暮秋，与儿子单车走皖南小川藏线。大山四围，少居人，亦少游人。

　　　　　　车入宣山喜且惊，
　　　　　　一峰抹过一峰横。
　　　　　　路缘幽涧绕山进，
　　　　　　人共危崖贴面行。
　　　　　　背日千林红叶暗，
　　　　　　照霞半壁菊花明。
　　　　　　单车问店万山里，
　　　　　　窗外鸣禽一两声。

车入宣山喜且惊

天路长歌

江南天路，断崖高矗。

侧立森森，少见草木。

车过眼明，星星野菊。

细茎如丝，瘦花清馥。

破崖立根，铁壁匍匐。

有日炙曝，无泉滋育。

嗟尔黄花，叹我类族。

万山围里，生何艰蹙。

山高日短，山坳逼仄。

种瓜不熟，种豆不得。

况少田土，藉何稼穑。

或遭雨暴，山洪骤作。

千岭竞下，万水归壑。

摧树裹石，闻之胆落。

寒耕暑耨，荡然无获。

或罹旱殃，山地尤烈。

土薄少墒，寸根早绝。

山民艰食，杂营碌碌。

杂树一束，伐之山麓。

肩负下岭，数支青竹。
茶不成园，星星簇簇。
见土树艺，或坡或谷。
时见橡树，洪柯密叶。
苍然老干，上与天接。
问橡何高，与山争日。
有妪渺渺，俯拾橡栗。
遥想先民，饥以充食。
今以示人，人多不识。
民生多艰，念此太息。
山出核桃，仁满壳薄。
古已著声，书史可索。
峻岭巨谷，林珍不鬻。
坐拥千山，生计无着。

幸开天路，绝域通驿。
沉潜深山，藉以振翮。
昔取橡实，多为果腹。
今以我富，给人不足。
不唯有谷，衣鲜食肉。
山民贸易，嗤嗤揽客。
山庄坯土，小筑砌石。

山菊漫撷，行旅歌悦。

红尘世界，繁华竞逐。
征鸟倦飞，何枝可宿。
一径通幽，一隅幽独。
清溪洗心，青山寓目。
妄人无畏，刀斧在握。
唯图近利，山童水浊。
庸人弄巧，乐为蛇足。
眼低心俗，怡红妖绿。
山水屠夫，天然荼毒。
宜人幸甚，守此完璞。
庸妄之举，戒之弗学。
虔敬不渎，守护祝祝。
不耕不牧，坐收天禄。
天人自在，物我同福。
悠悠宁国，江南乐国。
灼灼黄花，天路秀色。

偶入湖山深处八首（并序）

　　梅月上旬身体欠安，中旬侍母，送母归，已是首夏将尽时候。进山，桑葚野莓已过，小笋亦将尽。同好君子相告某处尚多笋，便探路前往。十里山道，迤逦而进，似曲曲长廊。沿途草树蔽天障目，车如行进幽暗隧道中。因不曾一到，不知前方是何天地，所以车行缓慢，试探前行。恒虑无法会车，所幸一路未遇其他车辆；又疑心行到路穷处，无处可去且无法掉头。正一路新异杂一路疑虑之际，蓦然一片开朗，不尽湖山豁然眼前。人像是突然出了漫长的隧道，满眼明亮满心松快，急急地看这一片未知的天地。当前一片湖水，渐远渐开阔，右手一溜青山，左手一溜青山。右手山坡的竹树里，约摸三五人家。湖畔杂草深密鲜绿，一队山羊洁白如雪。低处的草泽里，时见地笼，红壳的小龙虾隐隐其中。而左手边拖入湖中的浅山上确多小笋，尤多刚笋。反复参照远近地形，又通过手机定位，估摸这个两山夹水的喇叭口湖湾，该是天目湖东南极边了。至此，人在湖山何处边，才算有点明白。人不知道我在哪里之际，远比不知道我从哪里来蒙圈着急。此后屡到，自夏徂秋，不唯为笋也。若有缘构一椽于此，则武陵渔人偶然闯入的缥缈桃花源，又何必心向往之呢？

其一　采桑子

幽溪十里阴凉里，

绿树遮天。

路尽豁然，
一片湖山出眼前。

放开烟水天边去，
八字青山。
远岛如眠，
和梦飘浮浩淼间。

其二　采桑子
堤边水响菱棵动，
鱼跳浅湾。
堤草清鲜，
一队山羊白似棉。

西川修竹连山翠，
好作鱼竿。
篱落桑间，
正拟临湖赁一椽。

其三　采桑子
我来不作湖山主，
何必渔蓑，

何必菱歌，

何必种他无数荷。

栖心但爱清山水，

细苇风柯，

芰线雨波，

不乱鱼禽不在多。

其四

桑竹阴阴几户村，

疏芦袅袅水烟云。

心惊水响知鱼跳，

手有余香采野芹。

其五

结庐烟水茫无计，

绝累尘埃已有时。

狂想插翎成雪鹭，

千山万水一风枝。

其六

营庐无力不吁天，

幽溪十里阴凉里

堤树多情恰可连。

一道斑斓无限意，

眠风枕水不须钱。

按：斑斓者，吊床也。

其七　沁园春·白鹭

一鹭湖湾，

白羽清涟，

修胫款行。

看芰菱不乱，

丛莎依旧；

生涯草泽，

不滓毛翎。

俄而轻飏，

湖山雪影，

没入水云岛树青。

清姿瘦，

料无多觅索，

不费谋营。

无贪自是身轻，

最高处，风枝可以擎。

羡一柯堪寄，

百年有托；

渔蓑带雨，

牧子嬉晴。

风里茶香，

霜前栗紫，

一派湖山作户庭。

千千结，

奈一橼误我，

鹭约鸥盟。

其八　沁园春·卜居

烟水之南，

折叠青山，

迤逦入湖。

说湖山身世，

白头村妪；

民生今昔，

鲞面渔夫。

城市营谋，

家园抛掷，

颓屋门前尽绿芜。

山明水净

人弃了，

问赁吾可否，

葺作园庐？

元非高蹈云途，

到老是，村氓习未除。

为山明水净，

人稀地广；

缘湖可橘，

方宅宜蔬。

鹭有一枝，

我无寸土。

恰此诛茅一把锄。

湖山雪，

好铁锅焐浴，

向火观书。

按：一，把锄：握锄。二，铁锅焐浴：我乡习俗，大铁锅烧水并就锅内洗澡，外人闻此易联想"就汤镬"，其实不然：人坐锅底，翘足锅沿，水可没肩，灶膛徐续柴，令浴汤温度适宜，是谓焐浴，十分惬意，全无性命之虞；焐浴时，身下每置圆木一片，径尺许，厚寸许，材质松软，以此隔锅烫，否则，锅中君子虽无性命之忧，或不免铁板烧臀尖之痛矣。一笑。

沁园春·环湖寻迹（并序）

溧阳有块连城璧，清清亮亮，卧于青山襟怀，嘉名天目湖；天目湖曾经有个朴实的名字沙河水库；沙河水库的前身是沙河。

沙河汇苏皖接壤处大小山涧而成，由西南向东北，蜿蜒出山，愈出则愈壮阔。在沙河的中段，1958年连山拦坝，便有了国家级大型水库沙河水库。1992年改名，便有了今天的五A级景区天目湖。

天目湖是我的老年和中年；沙河水库是我的青年和童年；沙河啊，我生也晚，和你错过了，你就是我的前世了！我曾经多少次站在天目湖主坝上，极目远眺湖山深处，默默叩问：这浩淼烟波底下沉睡着什么？我从父祖那里听来的那些地名，它们湮没在哪里？因为我的认知我的印象只是来自《溧阳水利志》的那些抽空了的数据：库区淹没土地高程23米，移民高程23.6米，拆迁138个自然村，1893户，7491人……我想知道23.6米往下是什么，想知道138个自然村在什么位置长什么样。是它们，以义无反顾的集体自沉，托举起这一方清波浩淼福泽绵长的平湖。

2022年极旱，天目湖水位大落，是否降至历史极值，我未见权威发布。但是，青山与秀水相吻接的常态消失了，山和水逐日远离，青山与绿水之间箍了一道宽宽的沙石金腰带，而退水早的大片的上游浅水区，已经长满了丰茂鲜绿的莎草。

这圈宽阔的湖滩，吸引了我的目光我的心我的双脚。极旱是灾害，也是机会，同样六十年一遇。

词作上阕中的繁华山镇，主要是指上游地区的山丫桥、黄埠、栗

湖滩望远

园等商埠大墟落。下阕寒舍小村，大多惜乎不能确知其名。虽则履迹所至不过是出水部分，相对整个库区，相对 2.5 万亩淹没面积，一斑也；然得徜徉山水之间累月，自孟秋徂季冬，断断续续，绕湖一周，步量手抚，目接心照，到此生所未到，见此生所未见，亦差了我愿，差慰我心矣。

现在，闭着眼睛，我也能想见天目湖也就是沙河水库的身段和曲线；现在，传说中的沙河，我已经真切地触摸到了她的源流——从哪里来到哪里去，以及，夹岸迷人的风情。

山水之间，
一望青莎，
几个水洼。
问龙泉断片，
谁家碧玉；
浮梁残字，
何代青花；
清出弯流，
秀含圈把，
可是荆溪细紫沙？
湖波下，
我山民富庶，
山镇繁华。

山水之间，一望青莎

徜徉山角水涯，

往往是，清寒小户家。

想茅茨不剪，

墙垣版筑；

短篱鸡犬，

曲径桑麻；

樵叟柴香．

牧儿笛乱，

撒网沙溪好鱼虾。

神游处，

对粗缸瓾碗，

浅水兼葭。

按：1.龙泉，指越窑青瓷器；浮梁，指景德镇瓷器；荆溪，宜兴古称。
   2.弯流圈把，弯形壶嘴和圆形壶把手。

书房北门纳凉

小院当前窗在后，
块然独坐绿依依。
尘心净处凉风起，
习习南窗度北扉。

按：顶楼书房，南窗北户；户外小园，杂植翳如。夏日常于北门口茗读呆坐，凉风南来，穿牖度户，抚我背项，此意殊胜。

煨芋

火塘煨芋儿童事，
濒老而今倍觉亲。
以炙以燔真味永，
存心不是学高人。

按：煨芋虽有方外之掌故，而燔炙实初民之素习。煨芋，古多指煨芋头，今常指煨山芋。山芋也就是红薯，一般认为明代万历间才由菲律宾引入中国。"以燔以炙"语见《礼记》。

缸到（并序）

网购景德镇庭院芦花大缸，到家即遇大雨，檐水如急溜，恰洗尘盛水，而缸之色质愈显。

叩声似磬质似铁，
几支芦花花似雪。
天送一场潇潇雨，
要令寒碧出清绝。

雨中

春来无日不春风，
晴意清扬雨意浓。
一伞迷蒙红湿里，
春心试问几多重。

老境

桑榆自是夕阳斜，
对景何须叹岁华。
一曲小词闲赋罢，
几般手制野山茶。

偶感

蝶乱蜂迷桃李季，
红荷绿盖暑炎天。
从容最是清秋节，
桂里新凉六十边。

中秋对月二首

其一

天香凝露影娟娟，

雪魄冰容亿万年。

无意世人皆瞩目，

天心亘古自孤圆。

其二

清华圆满天如洗，

对此伤情是旧题。

无所思兮无所忆，

闲看孤月自东西。

五十九岁降日书怀

百年孤独早深知，
尘事由他十九违。
但把初心陪白首，
不言五十八年非。

红叶

红叶来何处，
读书在风檐。
题诗徒惹恨，
不若作书签。

戏作（并序）

某君数以蟹图致问，报之菊图并小诗，相与为乐也。

君家何多蟹，
我家只有菊。
日日飞美图，
娱目不娱腹。

对菊（并序）

母亲突发脑溢血住院，我陪侍数日夜，衣不解带，心力交瘁。子侄替归，露台黄花正好，而母尚在危重中。有感于中，后十数日成稿。

力竭团团亲榻侧，
归来霜里菊新黄。
人生到此何如草，
晚岁依然有晚香。

冬山晴卧

疏林不语烟岚远，
燥叶横铺四照中。
最是安心坡上卧，
冬山似睡静无风。

按：宋郭熙《林泉高致·山水训》："春山澹冶而如笑，夏山苍翠而如滴，秋山明净而如妆，冬山惨淡而如睡。"困倦之身心，尤爱冬山如睡。

晒橘皮

最是寻常最出奇，
三蒸四晒五年期。
胸中块垒凭何吐，
竹筲冬阳晒橘皮。

竹筐冬阳晒橘皮

同学欢聚

夜宴阑珊兴未阑，
青山围里品明前。
萧疏竹影车窗外，
明灭花光仄径边。
有意林风传笑语，
无言明月共流连。
沙溪静逝儿时梦，
一盏清芬半百年。

一斐君寄惠自制姜糖膏，值伤风，流涕不已，饮之立效

寒气侵人人不知，
忽然鼻涕四淋漓。
辛甘热烈通身透，
两窍清风不问医。

五月麦地

高天朗朗满晴光，
望到青山尽麦黄。
小坐浓阴人欲睡，
熏陶日气麦风香。

写意

姹紫嫣红真美景，
风清气淑最良辰。
任情莫过催花雨，
天地自春谁问人。

按：《牡丹亭》有警词丽句："良辰美景奈何天，赏心乐事谁家院。"最是说尽天人常乖、四美难并之缺憾了。

祖茔刈荒

草芜独理祖坟边，
向日阳和意泰安。
三十三年成热土，
中心已作旧庐看。

上巳二首

其一

朝展山阿逢上巳，

清流牵系暮归程。

夜临千载兰亭序，

有感斯文万古情。

按：匆匆一日，不及亲水。

其二

沂水春风三月节，

高情何不到而今。

平铺短草随长水，

点染新花出旧林。

天朗气清情迈远，

政和事简志鸿深。

仁怀道意天人际，

景想先师与点心。

按：与点：赞同曾点志向。孔子令诸弟子各言其志，曾点想法不同他人："暮春者，春服既成，冠者五六人，童子六七人，浴乎沂，风乎舞雩，咏而归。"孔子喟然叹曰："吾与点也。"

晚春小园

天地春将尽，
人间疫犹剧。
高楼一隅园，
清安尤足惜。
新阴柔比水，
叶底小桃碧。
香动忍冬篱，
花攒蔷薇壁。
玫瑰并月季，
缤纷无罅隙。
飞鸟时一至，
屋脊理羽翮。
流连项背暄，
翘首日无迹。
薄阴留花天，
晚春怜花客。
园小不嫌窄，
身心皆可宅。
每念无园家，

闭户终朝夕。
愿此一分清，
还洗人间疫。

乌夜啼·灌园

无涯炎火凌侵，
问天心。
早晚一瓢根底，
替甘霖。

适何土，
为谁语，
默沉沉。
梦里中宵应有，
雨淋淋。

按：《诗经·硕鼠》："逝将去汝，适彼乐土。"

再玩《梦特芳丹的回忆》三首（并序）

大学时，初见柯罗《梦》画，虽仅美术书中插图，却生惊鸿一瞥之叹，而种一眼三生之根。二十年纪，人尚浅薄，浮光掠影中多半是对诗意画面的惊艳；四十年人间，渐到柯罗作画之老境，渐味出一点画魂与人心。《梦》是柯罗晚期杰作。倩君试作一想：青春年少入心一片芳草，年近七旬了，不曾遗忘，不曾淡去，不能释怀，不能放手，以最深沉的激情与最高光时刻的才华，将这一份珍藏托给世界，托给时间——地久天长。几人心底存得这一片芳草？几人心里不想自己就是这一片芳草？愿《梦》入我诗。而洋画入旧体，宜与不宜，则不暇计也；诗意浅俗，或不能涵画意之万一，亦无从计也。

其一

碧草巨柯烟水远，

红裙采撷醉芳年。

而今更爱柯罗语，

唯一情人是自然。

其二

此生风景爱柯罗，

山水田园草木多。

纯粹为人心作画，

长情作笔写情歌。

其三

春天走过你芳林，
白首秋风忆到今。
惹恨天涯衰草梦，
三生一眼一人心。

《梦特芳丹的回忆》 法·柯罗 绘

感遇二首（并序）

自夏徂秋，旱热如焚。山坡当阳茶树成片枯赤。仲秋一夕，沛然而雨，后旬日进山探葟。过茶地，惊见新绿满园，鲜小密蒙，蔚然成丛。自梢抵根，竟无一叶老蜡，实春茶所不及，而平生所不见也。一路经行，一路叹讶，时复涉园，熟视轻抚，一时竟未能尽了所以。后见林木荫蔽下几株茶树，皆稀疏老叶，疲惫昏冈，全无生机。至此始悟，此所谓向死而生者也。

其一

只道山茶多旱死，

从根得雨绿离离。

生机无限新萌叶，

尽出当时欲死枝。

其二

谁家大树好凉风，

荫庇不能天下同。

我既植根当酷烈，

唯将枯槁赌青葱。

腊八粥歌（并序）

    十二月初八，例吃腊八粥，因与儿子从容论及粥之渊源。儿子以为此粥出自佛门无疑，初乃佛子将杂化点滴之积作一锅煮而已，渐渐由僧而俗，由佛门日常而为天下风气。此语可谓"一言见性"，予深然之。追昔抚今，感而有作。

腊八一锅粥，百果杂百谷。

品类何多哉，渊源僧也俗？

众说堕迷雾，莫辨直与曲。

小子二三言，照心如洞烛。

遥想古佛子，苦修丛林下。

一瓶共一钵，饮食随施舍。

不挑精与粗，不拣生与熟。

托钵在宣化，乞斋差果腹。

一饭一观音，一步一莲花。

策杖问大道，芒鞋走天涯。

芋薯枣栗豆，稻麦粟稷麻。

合作一锅煮，斋僧供释迦。

甘露及信众，善根萌善芽。

还将慈悲心，温饱饥寒家。

随缘近达摩，存善即普陀。

修道恒自苦，方得渡众苦。

八风吹不动，念念是净土。

自苦抑自肥，高下如云泥。

千年而下同一钵，

今粥可存初心香？

一粥蕴三昧，

一苇可渡江。

粥里滋味粥外相，

清歌吟罢思茫茫。

粥里滋味粥外相

上巳

山溪一道天然曲，
照水芳菲自在香。
醉在春山何必酒，
飞花逐水作流觞。

初夏旧日风情

田水浅浊田埂斜，
田家妇女自芳华。
担秧赤脚黄梅里，
鬓上一枝栀子花。

后记：

　　此儿时印象也，而今阡陌尚在，妇女插花之俗已不再。那一点清白，一缕芬芳，却一直亮在蒙蒙的梅雨天，亮在江南的水田之上、天宇之下，亮在我心里，成为那清寒而荒芜岁月的一幅画一首诗。

溧阳一号公路车行上瓦屋山

一段翩然三色带，
长风飘入碧云间。
栖心绿意松筠里，
李白当年不可攀。

按：李白《游溧阳北湖亭望瓦屋山怀古赠同旅》："朝登北湖亭，遥望瓦屋山。……目色送飞鸿，邈然不可攀。"

圩乡田野晚景

满水秧针短短青，
圩乡五月广畴平。
夕阴如湿凉风软，
天地苍茫一鹭横。

南乡子·七夕逢雨

风雨正潇潇，

何处银河是鹊桥。

误了佳期天不管，

劳劳，

今夕无缘后会遥。

牛女愿非高，

有处人间许结茅。

耕织寻常夫妇事，

陶陶，

何故天庭乱插篙。

七夕吟

九重天上七仙子，
终年札札弄织机。
慧心巧手无人匹，
织就云锦作天衣。
朝霞暮云何煌煌，
素手纤纤一缕丝。
金枝玉叶服织役，
玉容花貌向梭飞。
天帝爱子怜幽独，
一朝指配牛郎妻。
织女母家银河东，
牛郎家在银河西。
霓裳云衣无人织，
天容褴褛失天仪。
织女废织龙颜怒，
一道圣旨召回归。
只许一岁一夕会，
余日织锦在深闺。
女子嫁夫不许随，

天庭之上无天理。
孩提双双失亲慈，
天若有情情何已。
夜深投梭风嘶嘶，
听来分明小儿啼。
一年三百六十日，
念念只在双七期。
银河渺渺水滔滔，
成人之美鹊作桥。
微躯弱羽一凡鸟，
仁义当前不辞劳。
万万千千梅枝客，
一夕齐集银河皋。
翼翼相联联长虹，
顿时天宇起笙箫。
惹起人间多少恨，
一时翘首向九霄。
今夕星河何处是，
夜色茫茫雨霏霏。
七夕吟罢意凄迷，
雨兮泪兮问织姬。

处暑红（并序）

　　溧阳有早大栗，南山人称"处暑红"，中元前便可下果。时虽交秋，暑意犹浓，而秋风未动。山民多趁早剥嫩子出售。栗肉润洁若累累黄玉，市民则以先尝山珍为快事。

早栗佳名处暑红，

梢头不肯待秋风。

盘中秀色金丝玉，

来自青枝绿叶中。

板栗歌

溧阳初秋栗将熟，

绿蒊白壳黄金肉。

秋风未起剥嫩子，

山珍先尝逞口福。

江南七月日尚毒，

山农挥汗在山麓。

树高枝密蒊多刺，

未可舞篙肆意扑。

暗力到梢巧弹击，

栗蒊落坡走辘辘。

男敲女拾不肯息，

大担小担担回屋。

栗肉好吃却难剥，

仿佛浑璞费雕琢。

剖蒊去壳剔果衣，

手刺牙酸指甲折。

动作熟练苦不说，

溧阳初秋栗将熟

偶尔笑语传欢悦。

时珍逐时日，

时机不可失。

栗价隔日跌，

白壳隔夜赤。

打栗黎明出，

剥栗夜秉烛。

勤苦乃本色，

非为食不足。

邻里有闲不须呼，

见事搭手出淳朴。

君不见，白发老妪枣树下，

自带小凳帮忙剥。

一箩栗肉出山村，

多少汗水换收获。

山民人力不计本，

多少工夫付精作。

辛劳一何多，

所得一何薄。

值也抑不值，

是苦亦是乐。

家家不待秋风起，
岁岁打栗剥栗过日脚。

餐桌一盘栗，
多少情味难一一。
栗子寻常事屑屑，
寻常事里乡心热。

咏栗

团团抱棘待西风，
饱凸轻开壳嘴红。
外是锋芒中美玉，
寻常果蓏岂能同。

山中一日

辰出拾蕈已拾穗，
午休栗林牵吊床。
半日奔突黄犬累，
安然藉草吊床旁。
木叶鸣风来秋意，
衰草负阳生暖香。
四围不闻鸟鸣树，
应是出山谋稻粱。
天旱溪瘦水声细，
絮絮耳畔入梦乡。
山中小憩般般宜，
青山与我一山堂。
山坡拾蕈空篮返，
山脚拾稻满橐囊。
汲涧白石菖蒲丛，
数日茶饭生清芳。
歇足满载晡时回，
日近西岭一竿长。
归鸟投林相颉颃，
三三两两点夕阳。

童年拾麦

常忆儿时夏麦场，
麦茬新刈泛金光。
中午放学先拾麦，
后吃午饭上学堂。
一儿踽踽田野上，
脚踩坏土顶骄阳。
往往返返搜麦行，
左拾右拾不盈筐。
当年人穷地亦贫，
麦粒不饱穗不长。
双脚刺血臂脱皮，
只是寻常不声张。
回家急送大人看，
喜得禽粮和表扬。
拾穗少小力能及，
存养珍惜与担当。

按：存养者，保存本心，养成正性也。《孟子》有云："存其心，养其性，所以事天也。"

冬至二首

其一

岁晚门前无债主，

雪中檐下有柴堆。

余年足乐真堪乐，

一线阳生日北回。

其二

北国佳人两鬓霜，

太阳流浪走南方。

今朝过尽最长夜，

从此光明日日长。

春日旧影二首

其一

浅山处处映山红，
抛却冬装几牧童。
懵懂不为啼血累，
花冠乱插逐春风。

其二

群儿打草柳溪边，
竞折长条结柳冠。
日暮归家篮不满，
匆匆倾草入羊栏。

重阳三首

其一

江南旱热少秋光，
篱角沉沉犹未香。
衰境懒慵心意淡，
不期谁共醉重阳。

其二

八日炎炎九日凉，
天心知我约重阳。
此生此路同风雨，
纵缺黄花意自香。

其三

秋华未发发春光，
带雨娇红亦有香。
月季无心同九九，
幽人深谢揖红妆。

中元即事（并序）

　　七月半，夜静。露台燃一小堆枯叶，为导引天国的父祖——家在这里！

　　　　一别慈容朝复朝，
　　　　魂归传说在今宵。
　　　　夜深月黑家何处，
　　　　落叶当天作纸烧。

慈父三周年祭二首

其一

先君西去日，
白雨漫无边。
梅水绵绵里，
思亲年复年。

其二

渔翁撒网群儿乐，
随属跳踉春水边。
少小欢愉何处是，
野花野水似当年。

慈父像

慈父十周年祭（并序）

6月8日，农历五月初七，我父忌辰。总想写点像样的文字，一倾郁积，可是力不从心。我知道，悲伤也需要资本。每念之，泪如泉涌。我知道，这世间最爱我的人，最尊重、最期待我的人，最不愿也最不会伤害我的人，已经死了，死了十年了！

风木之悲悲不已，
年年默对父茔边。
魂兮一去如长夜，
不唤儿名已十年。

送恩师常老（并序）

　　我读南师中文系时，受业先生门下，修习旧体诗词创作，多得先生悉心指导并鼓励嘉许。倏尔三十余载，手泽犹存，斯人已去。抚稿唏嘘，清泪潸然。为师为人，先生皆为我之楷模，固知不可望其项背，唯愿一生追随其后尘。先生讳国武，2017年7月3日仙去。

山塘月下白莲开，
为悉先生讣告来。
庐墓六年惭子贡，
追随一世慕颜回。
虽无桃李皇皇着，
曾得春风细细栽。
中夜唯将和泪唱，
遥陪鹤驾到蓬莱。

　　按："皇皇"，此指桃李繁盛明艳，语出《诗经·皇皇者华》。

恩师常国武

忆旧句，追思常先生二首（并序）

20世纪80年代，国门初开，风气崇西，旧体诗词创作不被青目，南师大中文系还是开了这门选修课。常先生授课音容温如，作业批改精切。一次对课作业，我即景写了两句：叶落梧桐瘦，风摇秋雨稠。于我此联，先生将其中"摇"字易为"生"，并当堂表扬。秋雨梧桐年年，而先生道风何在！念此怆然，成二绝，感恩感德。

其一

青衿叶落梧桐瘦，
白首风生秋雨稠。
四十年来常感念，
先生门下学清讴。

其二

随园叶落梧桐瘦，
濑水风生秋雨稠。
诲我谆谆犹在耳，
清宵得句为谁讴？

按：《诗经》："诲尔谆谆，听我藐藐。"

缅怀龚师

桃李三千齐鲁人，
春风化雨老穷村。
吴山寒木应犹记，
弟子主丧如孔门。

按：龚师讳廷，原籍山东烟台。安贫乐道，风趣和易，终生奉献溧阳乡村教育，深受学生爱戴。高年逝世，学生为治丧。同学委托我拟告别仪式挽联："春风化雨三千芬芳桃李，高山景行几代精神导师。"

山塘晚荷二首

其一

叶小花新自在香，

微风疏雨小山塘。

不随秋色垂垂老，

依约当时婉婉妆。

按：此首南山。

其二

虫穿老叶如渔网，

仍有心情出晚香。

总为清涟根柢在，

亭亭独立擅秋凉。

按：此首北山。

山塘晚荷

不见·于首个中国人民警察日

四十年前秋日，
负箧金陵初识。
光影漏梧桐，
点缀一身亮色。
蓝白，
蓝白，
最是风神英奕。

按："不见"，词牌如梦令别名，压入声非常格。

不见·旧影

画里江桥初晤，
放脚欲飞北去。
带笑你相随，
任我撒欢不语。
且住，
且住，
归路红霞江树。

忆江南

与君共，
一伞雨和风。
秋月春花三十载，
山长水阔一城中。
今夕雨中逢。

连冬无雪

江南大雪似离人，
一别吴天无数春。
雪里梅花何处是，
自开自谢在风尘。

后记：

江南少雪，蜡梅常开土尘里，精神全失。最忆 1984 年年初大雪，
时在随园，雪深陷半身，而回味亦半生。

感怀二首

其一

得意春风八二年，

双瞳剪水对江天。

丹心热血闲抛掷，

自惜昏睛六十边。

按：孟郊《登科后》有句"春风得意马蹄疾"。徐渭《题墨葡萄图》："笔底明珠无处卖，闲抛闲掷野藤中。"

其二

春草秋风六十边，

再开甲子在明年。

此生此际从新走，

策杖青山两万天。

读书生涯

孑然天地送华年，
幸结诗书一世缘。
何处惠兰滋九畹，
春风夏雨我心田。

上元禁放烟花爆竹

从来只道闹元宵，
佳节今宵倍寂寥。
几点杏红昏色里，
清思微雨两飘摇。

拾穗二首

其一

天意厚生民，
嘉禾至足珍。
躬身朝大地，
惜物不因贫。

其二

遗穗参差田角落，
野禽嗉小不需多。
商量麻雀求分惠，
惠我家中五德婆。

按：古人誉鸡为"五德之禽"。《韩诗外传》载："君独不见鸡乎？首戴冠者，文也；足搏距者，武也；敌在前敢斗者，勇也；得食相告，仁也；守夜不失时，信也。"

进山（并序）

　　黄岗岭堂姐家有鱼塘，引溪水养嘉鱼，冬捕例相招。近来，母病住院半月余，出院先来我家调养康复。母亲自理能力全失，床头须臾不可离人。儿子愿代为服劳，我得一往山中。观渔固所喜，而觌面青山则所渴望也。

不见青山一月余，
岭头阿姐恰相呼。
黎明破雾向南去，
半为青山半为鱼。

上巳亲水

沂水行歌忆孔门，
兰亭觞咏有遗文。
慕风我亦朝春水，
一派寒波自縠纹。

清明突然变天，调唐人

摘茶挑菜连晴里，
节近平添一段云。
只怪唐人言不慎，
清明惹得雨纷纷。

初秋望山

眼暗不堪看细字，
扬眉犹可阅青山。
千林饱雨无边绿，
一片晴云分外闲。

暮春田野（并序）

　　犹记我乡春耕，犁田后，须晒坡数日，后关水浸坡。待农时一到，而土濡如酥，便可细耙来栽秧了。耕与种之间往往是小小的农隙，田野空旷少人影；而时值春暮夏初，众芳一一息心敛迹，正天地清寂。春耕之田，常常曾冬作紫云英。漫行田野，出水土坡上偶见一茎紫花，人便生出清空一亮之微微心动，而清寂之况味，则不知是淡了，还是愈浓了。天气或清阴，或细雨微阳，心神清愉安谧。现在，很少种紫云英了。

> 坡田犁过水清明，
> 春雨霏微好野行。
> 远见田心泥坡上，
> 一茎映水紫云英。

人月圆·庭荷开落，致敬叶嘉莹先生 （并记）

红藻绿盖潇潇雨，

风染小园清。

惊鸿照影，

霞衣堕水，

空雨声声。

不须叹惋，

花开莲现，

花落莲成。

绿风动处，

鹅黄粉蕊，

莲托暗擎。

后记：

花开莲现，花落莲成，此语来自叶嘉莹先生文章。叶先生六月初一生人，小字荷，今已年届期颐。先生书生报国，诗词作道场，致力诗教中华薪火传承，风荷雨荷，有现有成，百年大美。钦慕之余，祝望叶先生康健永远，令诗有宗主，邦有君子，令吾侪小子，可以仰泰斗，可以沐春风。瞻觌无由，志花事以托遥仰之忱。

上西楼（并记）

夜深传语老师，

八小时。

少则绿茶红梗且香低。

树叶子，

小铺子，

老街西。

不是一般精致做茶宜。

后记：

　　友生九香，卖茶为业。某回我问他目前何营生。他戏对："老师哎，仍在原地卖树叶子，换些许碎银子过日子。"其为人处事包括仪表都讲究，一副眼镜，清清亮亮，儒风可尤对茶品精益求精。知道我自制野山茶，唯恐我出差错，时有关照，如同关照小学生。如：绿茶自然摊青时间一般不要少于八小时；烘焙要干透，以脆断为度；干茶包装前要提香。呵呵，九香真我茶师傅。

种瓜（并序）

　　少年同学陈君，近年归田，种得好瓜，岁岁分惠。其家西塘，与我田一亩三（田名，我乡好以田土面积命名田块）毗连，多得其相助，小诗以谢。

白衣无涉青门事，
泥里芳香骨里知。
老友年来成老圃，
我今恰待学樊迟。

　　按：青门事指青门种瓜，出处《史记》。李白《古风》："青门种瓜人，旧日东陵侯。"

年来常胸挂一副大号圆框老花镜，
小诗自嘲自娱

大镜乌框木串珠，

腹中似有五车书。

平生不办黄金饰，

瑷瑇华身问有诸？

按：1. 瑷瑇：音 àidài，此指老花镜。南宋赵希鹄《洞天清录》："老人不辨细书，以此掩目则明。"

2. 诸：之乎。

友生张君邀约观其种植，因赴赵氏山庄

西北寻幽处，

行行草树中。

粉墙连翠竹，

矮屋映乔松。

径接陶朱水，

门延端木风。

攀谈情款洽，

古道主人翁。

按：此首用新韵。

戴埠何处哭英魂（并记）

壮士出川奔国难，

将军舍命袭倭营。

荷塘蒲扇年年意，

老屋柴炉片片情。

啼血吁天歌薤露，

杀身蹈海挽田横。

清明只有南山树，

记得杨怀字绍卿。

后记：

　　杨怀，重庆綦江扶欢人，国民革命军六十师三五九团团长，牺牲后被追认少将。1938 年 4 月 5 日，受命夜袭日本鬼子据点戴埠镇，身先士卒剪铁丝网，被鬼子机枪打死在第三道网前。我爷爷作为一名当地老百姓，给特务排带路，一同破网进镇。失利后，又将杨团长遗体从枪林弹雨中背到镇边田里，交付其后续战友。由于敌人火力凶猛，当晚遗体未能带回。第二天三五九团组织敢死队，依然由我爷爷带路，抢回了团长遗体。杨怀团长战前有言："死，也要拿下戴埠！"他的其他事迹这里就不提了，只说一个团长亲自去剪铁丝网啊，出川半年，就把四十一岁的生命交给了戴埠，把最后一滴热血洒在了千里之外的戴埠大地上。今天的戴埠人民怎么可以让壮士的

杨怀将军遗像（来自网络）

英名就这么消失在岁月的风里！以后，谁还会为我们挡子弹！爷爷给我们讲这个故事，不是在开明的今天啊，而是在摇手触禁的20世纪六七十年代。记得一次，在村前荷塘边的星空下，有个"积极分子"踏进听故事孩子围成的圈子，阻止说："老大，你又在讲封资修啊。"爷爷解释："我讲打日本人的。"一米八以上身高有功夫又有人设且一向暴脾气的爷爷，这时也只有招架之力，解释里听不出一丝理直气壮。爷爷也不提"国民党军"这个概念，只说"中国军"。儿时，我只是听故事，后来才想，爷爷用他的余生坚持在讲，也是一种呼吁吧。可惜，爷爷没能听到时代的回响，他老人家于贫病中离世，已经在他当年挖战壕的山坡上长眠三十年了。我常常在文史资料中找这位年轻的团长，找我爷爷——爷爷当时没说团长的名字，小孩子也不在意名字。找到杨怀后，大概2018年，才在中国军网找到爷爷的影子。我也曾向报刊投过一篇长文《当家园成为战场》，没回应。在此，借小诗并记，致敬捐躯赴国难的杨怀将军，兼悼我的爷爷，以及所有湮没于历史水底的无声无息的英魂，更希望今天的戴埠人民、溧阳人民知晓杨怀这位民族英雄，是血洒赴敌最前沿，血洒我们戴埠的土地上的。历史是人民书写的，社会也在进步，相信史笔会越来越公正。"史，记事者也。从又持中。中，正也。"（《说文解字》）

寻瑶草·校园白牡丹（并序）

　　微雨，予寞寞独行过杂植边，天香惊人，循香披林，竟见白牡丹二三朵幽蔽其间。和雨半含，冷莹胜雪，清艳绝世。古语云"粗服乱头，不掩国色"者，此之谓也。有作。篇中"君子格"与"高山雪"，乃予坚意要赠白牡丹者，至于拗字出韵，且由它罢。

今日折腰，
要为牡丹浮一白。
洛阳贵客，
也有君子格。

林薄幽姿，
不作媚人色。
高山雪，
恨无画笔，
挥洒写清逸。

　　按：林薄，草木杂生繁密之处。语见屈原《楚辞·涉江》："露申辛夷，死林薄兮。"

要为牡丹浮一白

后记

　　悠悠华夏，一路走一路唱的先民，在九州大地上唱出了一条三千年不止不息的诗的江河。从风到骚到乐府，从诗到词到曲，从庙堂雅乐到士夫轻吟到草野氓讴。歌者的队形像一座金字塔，既有"各领风骚数百年"的风流人物高踞塔尖引吭高歌引领时代，更有塔尖之下乃至塔座的各个层面的芸芸众生在自娱自乐自我表达。在那些岁月，歌唱是一种大众语言，像野花，触目皆是，开遍天涯。我们用诗教沁润出来的先民啊，是乐了歌唱，悲从中来也歌唱；通了歌唱，穷途末路也歌唱。近山唱山歌、樵歌；邻水唱渔歌、船歌。种田唱秧歌，放牛唱牧歌，采菱采莲唱菱歌莲歌。求爱唱情歌，送行唱骊歌，送殡唱挽歌。先民们歌唱劳动，歌唱爱情，歌唱友谊，歌唱生，也歌唱死。华夏大地上的山川草木虫鱼，仔细看，深深浅浅，哪样不镌着先民的题咏？河润泽及，今天的我们得以承其流风余韵，涵泳其间，熏沐其间。感恩风雅中国，诗歌之邦。

　　感恩皇天后土，感恩乡梓溧阳。这里山不高水不深，但山不在高水不在深。这里的野茶、雁来蕈、野竹笋、乌饭草、野莓子、映山红、山栀子、松塔……这里的每一片短松冈，每一条沙明石白的清泠泠的涧沟，还有，每一年的稻浪麦风和"襟怀荡荡对皇天"的秋收后田野……还有曾经的，"懵懂不为啼血累，花冠乱插逐春风"的牧童，"担秧赤脚黄梅里，鬓上一枝栀子花"的田家妇女，这些烙在年轮里的一直感动着我的永恒的风景……这就是我密接的溧阳，我生于斯长于斯歌于斯哭于斯的家园，我祖我父劳作于斯长眠于斯的热土。写到此，心底便升起一段熟悉的旋律和走心的歌词："这把泥土，这把泥土，春雷打过，野火烧过，杜鹃花层层飘落过；这把泥土，这把泥土，祖先耕过，敌人踏过，你我曾牵手走过。"

感恩成长路上为我默默付出对我殷殷寄望的父祖和所有师长，感恩感德！

我诗如小舟舴艋，载不动，许多重。只是，"小弱也知酬煦物"，寸草也思报春晖。

感念我的老友。感念你，在我学诗之初，把自己刚买到的一本小册子《诗词格律概要》借给我，这一借就是四十年。感念你，知道我钟情柯罗的风景并将其入了诗，便不辞驿路万里，在卢浮宫为我定制了油画布质复制品《梦特芳丹的回忆》。还有你，从少年到白头，从南师宿舍到而今群里圈里，一路关注，一路期许，一路逢人说项斯。感念你的好。

感念我的小友。我是电脑脑残，你也说我是小迷糊。每当我键盘行进受阻，你就会飞到我眼前，轻松退敌。你这纤弱白皙的小女孩啊，总令我联想一只蓝莹莹的小蝶，落在我这衰草边，让我感觉生动明媚温馨安心。还有你。那年，我欲告别校园。匆匆地，你送我一沓白纸，就是学校发的草稿纸。扉页上你抄了泰戈尔的诗："有一个夜晚我烧毁了所有的记忆，从此我的梦就透明了；有一个早晨我扔掉了所有的昨天，从此我的脚步就轻盈了。"你扭头走了，没有说什么。我懂。在以后的岁月里，我将这沓白纸写满了诗，以此回应那个热爱泰戈尔并牵系着我的小男孩子。

感念同好诸君。同学苟君、山农、一粟，同事汪老师，承蒙不弃，时辄唱和，相与为乐之余，我深知这也是一份难得的青慕与鼓励。吾道不孤。

感谢昔日同事、诗书画通才光年老师，感谢你曾经给我的那些珍贵的肯定和帮助。

感谢学长克寒君。全程参与了菲什梓行事宜，大处为我指津，小处给我每一个操作细节上实实在在的提示。我老联想，礼拜五遇到了鲁滨逊。

感谢诗人、出版人长岛君。感谢你亲自操刀为拙稿做装帧设计。诗人做诗集，诗草有幸，作者有光。

在此，我还想说两件往事。

第一件事，主角是一位村翁。他身世凄苦，20世纪70年代，儿自杀媳改嫁，与老妻弱孙（女）相依度日。他是我老家村邻。20世纪90年代末的某天，他忽然来到我家，给我看一样东西——参差不齐破破烂烂的一小沓纸，大多是小学生算术簿本上撕下来的，有些看上去很陈旧了。他说，这是他的诗稿。我有些震撼。看着眼前鹤骨鸡肤的耄耋老农，想为他做点什么。稿子字迹不大清晰，又是繁体，我先誊了一遍，托人打印了一份。（那时学校刚有电脑吧，我自家还没有。）封面印了一幅古代山水画，靠右竖排四个字——"云溪诗稿"。当诗稿递到老人面前，他那没牙的嘴，惊喜得半天合不拢。"泥里生活，云里写诗。"今天我想，歌手李健送给脑瘫诗人余秀华的这八个字，正适合这位老人。没有这些诗，老人恐怕只能陷在苦难的泥沼里了。人间没有天堂，诗歌里，或许可以邂逅半天堂的感受。在诗歌式微文化断层的日子，没有人在意他和他的诗，无助的老人携着他一生无处投递的诗稿独自走向诗歌和生命的落日。这里附上一首他的诗作，致敬致哀。

咏雪——悼念周总理

平陵孝良

万树梅花一夜开，

山河玉琢作灵台。

天公也惜长城坏，

化作纷纭白泪来。

后来，我把这首诗和另外两三首，寄给了光年老师，感谢他给这些遗作一个面世的平台。

另一件事，主角是一群高二学生。在选修课程《唐诗宋词》教学过程中，我刻意渗透了一些诗词格律常识，进而鼓励试写。他们就在题山题海的罅隙里，动手书写起人生第一篇格律诗章来了。写这样的"古诗"，在他们的意识里，大概只是李白杜甫白居易苏东坡等人的事，今天居然轮到自己乾坤大挪移了。那点新鲜冲动和那点怯意，全搁在青春的脸上了。写得还真不错呢，有的人写了好几首。于是定稿啊，誊抄啊，插图啊，编辑了一个专刊。主编三人，封面设计一人，美工六人，誊抄十二人。这是参与的热情，也是分工合作节省时间。我为诗刊定名《长城谣》。刊中有一处补白是老师寄语："中国是诗的国度，中华诗歌唱了三千年，唱下去，孩子们！"我想，在重塑文化自信、大力弘扬优秀传统文化的今天，在作为全国文明城市和全域旅游之城、作为中华第一诗《游子吟》故里的溧阳大地，绿水青山之间，明净的空气之中，还应该飘散着缤纷馥郁的诗的芳华。风从远方来，还应该吹送去更远的远方。青春的歌者，一代接一代，唱下去。贴一首"长城谣"于此。

冬

唐婷

凛冽寒风凋碧树，

轻盈白雪尽飞扬。

苍茫大地朦胧里，

正有梅花酿冷香。

令人喜跃抃舞的是，濑水之滨，今日已不乏曼声长歌声振林木的歌喉，不乏虎啸龙吟凌厉当代旧体诗坛的歌者。此乡国之壮观、山水外之风景也。《诗经》有句："叔兮伯兮，倡予和女。"撇开经学家和理学家的穿凿附会，我只作最朴素最美好的诠释：

"弟兄们呀，唱起来吧，我来和你！"

为来处，为归程，为穷不忘道，是为记。

最后还要附一点说明。

诗歌结集，大致是要编排的。老师和同学，也有这么提示我的。有位功深于传统文化、已经出书多种的老同学，还提出要为拙作做编排。但是我的诗作，自我感觉编次有些麻烦，似乎也没多大必要。编排所据，题材、时间或体裁为多。先说题材。举个例，种菜理应归入田园诗吧，可城市天台种菜呢？窃以为，传统题材分类标准这把刀尺，对应的是古代诗人的古代生活，若用来剪裁现代生活场景中的现代诗歌，有时难免陷入方枘圆凿之龃龉与削足适履之迂泥。我也曾尝试将题材现代化并细化，譬如，山水、花草、茶茗、瓜菜、风俗、英烈、师友、采樵、围炉、读写等，十多条列了，采桂子、拾穗等内容还是无所归属。若再设一个采撷类，则与前边花草、茶茗、瓜菜、风俗多有交叉。这只是一两个例子。总之是有些麻烦，即使分出了个甲乙丙丁，也不伦不类不严谨。再说按时间编排，这个最容易，但没什么意义。杜甫的诗，按时间编排很必要，因为它是诗史。我的，呵呵，哪有可比性，只不过是一方小小天地里的一点琐琐细事和微微心动。另外，我的旧体诗大多写在四十岁以后：此前多写新诗，旧体写得少，选入集的更少；四十岁以后，也只是近几年写得密集。所以，就算按时间编排，也不能展示个人的生活风貌和心路历程。再有，很多作品写的是惯常的生活和一向的心境，甚至早有一两句在心里了，只是在之后某个时刻忽然想起，因为心手闲适而偶然成篇，写作时间说明不了什么。至于按体裁编排，我没有尝试。一则，这只是一本小集子。初拟集三百零五首，同《诗经》篇数，聊托致敬与传承之意，后来发现多了几首，也就三百一二十首吧，目录一眼可以看到底。再则，按体裁分类，势必将组诗割裂。如《柳家山水十首》《偶入湖山深处八首》，都有诗有词，分开，作品之间互相呼应、互为羽翼的关联势必被弱化，十首八首一气而下的阅读兴味也会打些折扣。还有一层，如果按体裁分，格律诗是格律诗集群，古风是古风集群，读着单调易疲劳，尤其古风，一篇都难以卒读，何况一篇后面还有一篇两篇三篇。我诗即我生活，将底层生活进行到底，我乐在其中。生活没法横刀纵刀切块排摆做拼盘。我的这本集子，内容简单朴素，体量也不大，就是一杯白开水，一杯格律白开水，随心所欲端出喝便是。我只在成电子稿之时，从内容上对其粗加归并，稍事布局。想起板桥书风"乱石铺街"，我喜欢这四个字。一样是街巷，可以用整齐的青石条一路码过去，也可以用大大小小的石块错错落落随机铺就。西哲有言：无序性和有序性，共同构成世界的本质。鉴于前面说的原因，当然不排除偷懒的成分，拙作编排上，我选择了"乱石铺街"。

以上粗浅考虑，有的或许是现代旧体诗词编排中遇到的带普遍意义的困惑，不辞冗赘附于此，以期高明开我茅塞。再则，权作诗草编次说明，而兼答师友关心。

2024年9月